書下ろし長編時代小説

最強同心 剣之介

桜吹雪の決闘

早見 俊

コスミック・時代文庫

この作品はコスミック文庫のために書下ろされました。

目次

第一話　閻魔《えんま》の罰

一

「山辺《やまのべ》のおっさん、道、合ってるの」

激しい雨のなか、火盗改同心《かとうあらためどうしん》の佐治剣之介《さじけんのすけ》は、先輩同心の山辺左衛門《さえもん》に問いかけた。

神奈川宿《かながわしゅく》から川崎宿《かわさきしゅく》に向かう途中、彼らは嵐《あらし》に遭遇《そうぐう》している。

神奈川で捕まえた盗人《ぬすつと》・暁《あかつき》の長五郎《ちょうごろう》の護送にあたっていた。

長五郎は警戒の手薄な幕府直轄地、すなわち天領《てんりょう》で盗みを働いてきた。火盗改は幕府の威信にかけて捕縛《ほばく》したのである。

神奈川宿から川崎宿まではおよそ二里半。東海道《とうかいどう》をゆくより近道を進もう、という山辺の言葉に従ったのだが、雨風がいちだんと激しくなり、周囲の景色が白く煙り、自分たちがどこにいるのかさえわからなくなってしまった。

剣之介と山辺は笠《かさ》と蓑《みの》を身に着けているが、役に立ってはいない。唐丸駕籠《とうまるかご》を担《かつ》ぐ、先棒と後棒の駕籠かきたちも疲れ果てていた。長五郎が、

「おいおい、これじゃあ、江戸に着く前にくたばっちまうぜ」

などと喚《わめ》きたてている。

山辺は唐丸駕籠を止め、

「おかしいなあ。たしか、この道だと思ったんだけどな」

周囲を見まわすが、山影すら見えない。

「だから、神奈川宿でひと晩を過ごそうって言ったんすよ。近道を知っているなんて、おっさんの言葉を鵜呑《うの》みにしなけりゃよかったなあ」

剣之介は山辺を責めた。

「……すまん。ちょっと待て、思いだすから」

山辺は雨空を見あげる。

「無駄だよ。あ〜あ、神奈川宿にいたらさ、いまごろ旅籠《はたご》の湯に入って、一杯飲んでいるところだったすよ」

先輩相手に堂々と文句を並べるこの男、態度どおりに型やぶり、山辺をはじめ

とした火盗改にあって、「ぶっとび野郎」の渾名《あだな》で通っている。

すらりとした長身、蓑で隠れているが白地に昇り龍が画かれた小袖《こそで》に身を包み、袴《はかま》は穿《は》いていない。このため、飄々《ひょうひょう》と歩くたびに、紅襦袢《べにじゅばん》がちらちら覗《のぞ》く。濡れすぼった黒紋付《くろもんつき》は、真っ赤な裏地であった。

紫《むらさき》の帯に差した長脇差《ながわきざし》の鞘《さや》は、これまた朱色《しゅいろ》である。鞘の鏢《こじり》は鉛で覆《おお》われていた。侍とは思えない、ぶっとび野郎らしいやくざないでたちである。

では強面《こわもて》かというと、剣之介は細面《ほそおもて》の優男《やさおとこ》ながら目つきが鋭く、餓鬼《がき》大将がそのまま大きくなったような容貌《ようぼう》であった。

実際、火盗改になる前、剣之介はこれといった定職には就《つ》かず、金貸しの父親からの依頼で取り立てをやっていた。

相手がやくざだろうが浪人だろうが、躊躇《ちゅうちょ》なく、ときには腕ずくで取りたてる様を見て、火盗改頭取《とうどり》・長谷川平蔵《はせがわへいぞう》は若き日の自分を重ねた。

そして、剣之介の肝《きも》っ玉《たま》と腕っ節《ぷし》が買われ、平蔵によって火盗改同心に取りたてられたのである。

一方、山辺左衛門は、二十年の経験を誇《ほこ》る練達《れんたつ》の同心だ。

背は高くはないが、がっしりとした身体つきと浅黒く日焼けした顔が相まってたくましさを感じさせ、細い目と団子鼻《だんごっぱな》が親しみを覚えさせる。

紺地無紋《こんじむもん》の小袖を着流して黒紋付を重ねるという、町奉行所同心と同じ白衣姿ながら、巻き羽織《ばおり》ではなく、髷《まげ》も小銀杏《こいちょう》には結っていない。

このため、町奉行所の同心、いわゆる八丁堀《はっちょうぼり》の旦那《だんな》よりも武張《ぶば》って見えた。

腰には剣之介と違ってちゃんと大小を差し、もちろん羽織の裏地が真っ赤ということもない。

つまり、型やぶりと型どおり……異端《いたん》と正統という、正反対のふたりである。

止まっている間にも雨風が強くなり、目が開けられないほどになった。

「引き返すか」

山辺は振り返った。

だが、進んできた山道を戻る気にはなれない。現に、駕籠かきたちもうんざりとした、ため息を吐いた。それよりも、先はゆるやかなくだり道だ。

すると稲光《いなびかり》が走った。

前方に家並が見えた。藁葺《かやぶき》屋根からして農家だ。どこかはわからないが、山村のようだ。

「山辺のおっさん、あの村で雨宿りしようよ」

剣之介は語りかけた。

「いや、神奈川宿に戻ろう」

山辺の声が雨風に負けて、よく聞き取ることができない。

「戻っても、道に迷うよ」

剣之介の言葉に、駕籠かきたちもうなずいた。

雨で白く煙る農家を見やった。大きさからして、庄屋《しょうや》なのかもしれない。山辺の返事も待たずに、

「いくよ」

駕籠かきをうながし、剣之介は農家に向かった。

「おいおい」

山辺もしかたなくついてくる。

時節は如月《きさらぎ》五日、晴れていれば梅《うめ》を愛《め》でられる春真っ盛りの夕暮れであった。

木戸をくぐり、母屋《おもや》まで剣之介は駆け寄る。雨戸が閉じられ、引き戸には心張《しんば》り棒《ぼう》が掛けられているようで、ぴくりとも動かない。

どんどん、と乱暴に戸を叩《たた》きながら、

「開けてくれ！」

と、大きな声をあげた。

しばらくして、母屋の引き戸が開き、奉公人らしき男が姿を見せた。

ごめんよ、とひと声かけて、剣之介は土間にあがった。

主人と思《おぼ》しき男が、小あがりの板敷きからこちらを見ていた。

「すまないけどさ、雨宿りをお願いしたいんだよ」

剣之介が申し出ると、

「ああ、大変な嵐でございますな。どうぞどうぞ」

主人は木兵衛《きへえ》と名乗った。野良着ではなく、小袖に袴、袖なし羽織を重ねている、落ち着いた物腰の初老の男だ。

聞けば、木兵衛は庄屋であるばかりか村長《むらおさ》であるのだという。

「悪いね」

簡単に事情を説明した剣之介は、暁の長五郎を後ろ手に縛ると、柱にくくりつけた。こうなっては山辺も雨宿りをする気になった。

「まあ、おあがりください」

木兵衛に言われ、剣之介と山辺、それからふたりの駕籠かきは板敷きにあがり、囲炉裏端《いろりばた》に座った。木兵衛は火をさかんにした。奉公人が、濡れた剣之介たちの着物を干し、替えの着物も用意してくれた。

「まあ、粗茶で勘弁してください」

木兵衛はお茶を用意した。

「すまないね」

剣之介は、山辺や駕籠かきたちとお茶を飲んだ。

「ああ、温まるなあ」

山辺は目を細めた。

乾いた着物と火、それに温かいお茶はご馳走《ちそう》だ。人心地がつき、みな表情がやわらいだ。なんと、長五郎にもお茶が用意された。

剣之介たちの表情がくつろいだところで、

「この嵐、当分はやみそうもありません。どうぞ今夜はお泊りください」

木兵衛が親切にも勧めてくれた。

「そりゃ、すまないっすね。そうしようよ。ねえ、おっさん」

剣之介は山辺に声をかけた。山辺もいったん腰を落ち着けると、立つのも億劫《おっくう》になったようで、

「そうするか」

と、相好《そうごう》を崩した。

では夕餉《ゆうげ》を用意します、と木兵衛は奉公人に支度を言いつけた。

駕籠かきふたりは、別室で食事をとることになった。そのほうが、遠慮せずに食事できるからだろうとの配慮である。

「どぶろくでよろしければ……」

木兵衛の申し出に、

「いや、酒はなあ」

山辺は躊躇《ためら》いを示したが、すでに顔がにやけている。

「いただきま～す」

当然のように剣之介は受け入れた。

「おまえって奴は……お役目中だぞ」

形ばかりの山辺の諫《いさ》めに、

「だったら、おっさんは飲まなくていいよ。木兵衛さん、おれ、遠慮なくいただくよ」

剣之介はあけすけに言い放った。

「し、しょうがないなあ。ならば、付き合うか」

いかにも無理強《じ》いされたような態度で、山辺も飲むことを了承した。

若い娘が、酒と料理の支度をはじめた。お峰《みね》という、木兵衛の娘だそうだ。甕《かめ》に入ったどぶろくが用意され、お峰が柄杓《ひしゃく》で丼に注《つ》いでくれた。囲炉裏では串《くし》に刺された岩魚《いわな》が焼かれて、鉄鍋《てつなべ》には山菜《さんさい》と猪《いのしし》の肉が味噌《みそ》で煮こまれていた。

岩魚と味噌の香ばしい匂《にお》いを楽しみつつ飲みはじめると、山辺の目が糸のように細まり、これまたじつに幸せそうである。

「ああ、焼けましたな」

さっそく木兵衛が、岩魚を勧めてくれた。剣之介は串を持って、岩魚にかぶりついた。やや焦《こ》げ気味で塩気が強いが、どぶろくにはいい具合に合っている。

山辺は猪鍋に舌鼓《したつづみ》を打った。

「大変でございますな。こんな嵐のなかでも、盗人を護送していかねばならんとは。いやあ、火盗改さまには頭がさがります。おかげで、わしらは安心して暮らせます」

木兵衛の世辞が酒の肴《さかな》となって、山辺は上機嫌になった。

「それが我らの役目だ」

誇らしげに言うと、山辺は二杯目のどぶろくを飲みはじめた。

ひとしきり飲み食いをしてから、

「ところで、火盗改さま」

あらたまった調子で、木兵衛が背筋を伸ばした。次いで、お峰に目配せをした。

お峰はすっと立ちあがり、座を外した。

「どうした」

山辺はうなずく。

「じつはお願いがございます。その、初めてお会いするお方にずうずうしいとは思うのですが、これもなにかの縁かと思いまして、お助けいただきたいのです。普段ならば、こんなお願いはしないのでございます。火盗改さまに対して一夜の宿と食事を提供しただけで、それを恩に着せてお願いなど……ですが、何度も申しますように、おふた方をわしに引き合わせてくれたのは、神仏のお導きと感じておるのです。ですので」

まわりくどい前置きを続ける木兵衛に、

「はっきり言ってくれよ」

剣之介が語りかけ、

「わしらでできることなら、引き受けるぞ」

山辺も言い添えた。

二

木兵衛は剣之介と山辺を交互に見て、

「この村に巣食っておる、ならず者を退治してもらいたいのですよ」

「ならず者……」

山辺は首をひねり、丼のどぶろくを飲んだ。剣之介は話の続きをうながす。

「そいつらは、村外れの閻魔堂《えんまどう》に居座って村人を脅《おど》し、酒を持ってこい、飯を食わせろ、女をあてがえ、と好き勝手申すのです」

困った連中ですよ、と木兵衛は嘆《なげ》いた。

「じゃあさ、この村を管轄《かんかつ》する役所に訴えればいいじゃない」

剣之介が言うと、

「お役人さまに訴え出たら、村中に火をつける……手あたり次第に娘は手籠《てご》めにし、男は殺すと脅すんですよ。近くのお役所というと、二里離れた陣屋《じんや》まで行かなくてはなりません。その間に連中に暴れられたら、大変でございます。連中に知られずに陣屋に行けたとしましても、陣屋に駐在しておられるお役人は、おひとり。しかも、お年寄りで連中を捕縛なんかできませんし、神奈川宿の陣屋まで応援を求めなければなりません。応援を求めている間に……」

長々と事情を説明する木兵衛を、剣之介は止め、

「相手は何人いるんすか」

「ああ……そうですな」

肝心なことを言っておりませんでしたな、と頭をさげてから、

「五人でございます」

「五人か……」

山辺は丼を板敷きに置いた。

それくらいの人数で怯《おび》えるな、と責められると思ったのか、木兵衛が弁解するように、

「五人とも凶暴なんです。刃物を持っていますしね。首領格は、浪人者《ろうにんもの》なんですよ。天野源次郎《あまのげんじろう》という名前でしたね」

「天野か」

山辺が繰り返すと、土間の柱の縛られたままの暁の長五郎が、思わせぶりな声をあげた。

「へ～え、天野源次郎か」

「あんた、天野って浪人を知ってるのかい」

剣之介が声をかける。

「知らねえよ」

長五郎は、そっぽを向いた。長五郎の態度が気にかかったものの、

「ま、いいや。話を続けてよ」

剣之介は木兵衛を、ふたたびうながした。

「それで、その天野と申します浪人以外の四人も、乱暴なやくざ者です。きっかけは、二十日ばかり前のことでございました。この家に、天野がやってきたのでございます」

天野は腹痛を訴えたという。

それで、少しだけ休ませてくれと、この家で休憩《きゅうけい》した。すると、休憩の礼だと言って、閻魔堂の掃除を申し出たそうだ。

「これは、村長たるわしの恥なんでございますが……村外れにある閻魔堂は手入

れをしておりませんで、その、はっきり申しますと、ほったらかしのありさまでございました。それを天野は、あのままでは閻魔大王の罰が当たると、掃除を買って出たのでございます」

「ふ〜ん、殊勝《しゅしょう》な申し出をしたもんすね」

剣之介の冗談めいた言葉に、山辺は顔をしかめたが、木兵衛はあくまで真面目な表情だ。

「恥ずかしさと、お侍さまに掃除なんぞさせられないという遠慮から、丁重《ていちょう》にお断りをしたのですが……」

天野は、自分には礼としてそれくらいしかできぬ、野良仕事の手伝いはかえって足手まといになるだけだろう、と言ったらしい。そして言葉どおり、閻魔堂の草むしりや掃除をはじめたそうだ。

「受けた恩を返すのは、武士である以前に人として当然のこと……と申されましてな。恩と言っても、一時ほど休まれただけで、あとは茶の一杯を差しあげたくらいなのです」

そのときは、ずいぶんと律儀なお侍さまだと、木兵衛は思ったのだそうだ。

「それで、その閻魔堂でございますが、申しましたように誰も手間をかけなかったものですから、朽《く》ち果てておったのです。草はぼうぼう、板壁《いたかべ》は穴が空き、濡れ縁などは腐《くさ》ってしまって、足で踏み抜いてしまうありさま。最近では近寄る者もおりません。夏の夜なんぞは、やれ幽霊が出るとか、化け物が宴会を催しておるとか……」

それくらい荒れ果てた閻魔堂を、天野は草むしりからはじめて、きれいに修繕していった。

「翌日には、天野の知り合いだという大工や瓦《かわら》職人、左官屋《さかんや》がやってきました。それはもう立派に、修繕をしてくださったんですよ。いやあ、実際は修繕などという程度ではなく、新築と申したほうがよいくらいの出来栄えでございました。もっとも、堂内の閻魔さまの木像までは手がまわらなかったらしく、いずれ仏師に頼んで修繕してもらえ、と天野に言われたときには、わしも赤面しました」

とにかく閻魔堂は、見違えるようになった。

これなら、村人も大事にし、荒れるに任せることはしないと、木兵衛は天野たちに深く感謝をした。そのときの様子を思いだしたのか、木兵衛は表情をなごませたものの、それは束の間のことで、すぐに眉間《みけん》に皺《しわ》が刻まれた。

「そこまではよかったのです」

木兵衛は唇を噛《か》んだ。

そんな苦渋《くじゅう》に満ちた木兵衛に、

「これからがおもしろくなるんすね」

不謹慎にも剣之介は喜んだ。

「おい、ふざけるな」

大真面目に山辺は制する。

「ふざけてないっすよ。ま、おれのことはいいや。それで」

剣之介は続きをうながした。

渋面《じゅうめん》のまま、木兵衛は続けた。

「天野と四人は閻魔堂に居つきました。それで修繕費として、手間賃二百両を要求されたのでございます。修繕にあたっての材料は村が用意しましたので、手間賃だけだと、恩着せがましく言い添えられました」

「二百両ねえ。つまり、天野は最初から金目あてだったんだ」

剣之介の言葉に、木兵衛は強く首を縦に振った。

「わしも、うっかりしておったのです。天野は親切心でやっているとばかり思っておりました。向こうも、せめてもの礼だ、としか言いませんでしたから」

木兵衛は悔《く》いるように肩を落とした。

「うまいこと、つけこまれたってわけだ。それで、二百両は払ったんすか」

「そんな大金、とても払えるわけがございません。ご勘弁くださいと頭をさげたのですが、それは承知できない、我らの手間を無視するのかと……」

五十両ならなんとかなります、と木兵衛は願い出たのだが一蹴《いっしゅう》されてしまい、二百両が届くまでここに居ると、閻魔堂に居座ったのだとか。

二百両が揃《そろ》うまで飲み食いはこの村持ちだと、毎日、酒と食べ物を運ばせているらしい。

「困ったものだな」

山辺は木兵衛に同情を寄せたものの、あくびが漏《も》れてしまったため、ばつが悪そうな顔になった。

「このままでは、あいつらに永久に居座られ、村は食い物にされてしまいます。ほとほと困り果てていたところへ……」

火盗改である剣之介と山辺がやってきた、という次第であった。

「ですので、これは閻魔さまのお導きだと思いまして……閻魔さまも、あんな連中に居座られたんでは、迷惑がっておられると思うのですよ」

ほったらかしにしておきながら、木兵衛は都合よく閻魔大王を持ちだした。

「話はわかったよ」

剣之介は山辺を見た。

「よかろう。一宿一飯の恩義と申すからな。恩返しをいたそうか」

山辺も乗り気となった。

「どうもありがとうございます。本当に助かります」

満面の笑みで、木兵衛は礼を繰り返した
「じゃあ、決まりだ。嵐が去ったら、閻魔堂に行ってみるよ」

剣之介は言った。

三

飲み食いを終え、剣之介と山辺は用意された寝間に入った。暁の長五郎は縄で縛ったまま、物置きに閉じこめておいた。

蒲団に横になってから、

「困ったな……」

山辺は天井を見あげてつぶやいた。

「なにがっすか」

剣之介は陽気に問い返した。

「暁の長五郎の護送だ。明日の昼までに、お頭《かしら》の役宅に連れていかねばならんのだ。天野何某《なにがし》を退治している暇《ひま》などない。忘れたのか」

山辺は剣之介に向いた。

雨風が激しくなっている。

「だからさ、夜明けと同時に、やっつければいいじゃない。夜明けには、嵐も去るよ」

いともあっさりと剣之介は返す。

「それはそうだが、そんなにうまい具合にいくか」

危惧《きぐ》する山辺に、剣之介は自信を示した。

「たかだか、五人じゃないの。大丈夫っすよ」

「本当か」

山辺の不安を掻《か》きたてるように雷《かみなり》が鳴った。

「春の嵐ってやつだね」

剣之介は嬉《うれ》しそうだ。

「まったく、おまえという奴は……とんだぶっとび野郎だ」

山辺は舌打ちをした。

「嵐が過ぎれば、日本晴れだよ。寝こみを襲えば一網打尽《いちもうだじん》さ。おっさん、お手柄だよ」

心配のかけらもなさそうな剣之介である。

「それはそうだが。神奈川陣屋の役人に任せたほうがいいと思うがな」

いまになって及《およ》び腰となった山辺を、剣之介は笑った。

「心配ないって」

「おまえなあ……」

顔をしかめた山辺に、剣之介はからかいの言葉を投げかける。

「あ、そうか。山辺のおっさん、怖いんだろう」

「無礼なことを申すな」

顔を真っ赤にして、山辺が怒鳴った。

「じゃあ、天野たちの退治、やるっすね」

「ああ、やってやるとも」

意地になって、山辺は請《う》け負《お》った。

「そうこなくちゃ」

嬉しそうに言った剣之介は、やがて両目を閉じた。


いつしかふたりはうつらうつらとし、ついには寝入ってしまった。

ぐっすりと寝てから、

「あ〜あ」

剣之介は目を覚ました。

灯《あか》りとりから朝日が差しこんでいる。眩《まぶ》しさに目を細めながらも大きく伸びをして、半身を起こした。横では、まだ山辺が高鼾《たかいびき》をかいている。

嵐が去り、日本晴れの朝だ。

のんびりもしていられない。天野らを退治しなければと、身支度を整えようと思った。枕元には乾いた衣服が、きちんとたたんであった。

「た、大変でございます」

そこへ、木兵衛が血相を変えて入ってきた。

剣之介と目が合うなり、

「お峰がさらわれました」

木兵衛はへたりこんだ。

「天野たちの仕業なのかい」

剣之介が問い直すと、

「違います。火盗改さまが連れてきた盗人に、さらわれたのでございます」

「暁の長五郎が……」

剣之介は歯嚙みし、まだ鼾をかいて寝入っている山辺の身体を揺さぶった。

「おっさん、起きなよ」

「う、うう、もう呑めん」

山辺は間抜け面《づら》で、寝言を漏らした。

「火事だ！」

耳元で剣之介は怒鳴った。

「火事……」

山辺はようやく目を覚ましたものの、

「ああ、頭が痛い」

じきに二日酔いを訴え、苦しそうにえずいた。

「おっさん、暁の長五郎がさ、お峰ちゃんをさらって逃げたんだってさ」

　剣之介が言うと、

「ええっ」

　驚きの声をあげた途端に、いてて、と山辺は顔をしかめた。

　剣之介はすばやく身支度を整え、木兵衛の案内で暁の長五郎を閉じこめておいた物置き小屋に向かった。山辺も二日酔いに苦しみながら続く。

　晴天である。霞《かすみ》がかかった空では、燕《つばめ》が気持ちよさそうに飛んでいる。

　物置き小屋の中には、鎌《かま》や鋤《すき》などの農具が仕舞われていた。長五郎は柱に縄で縛られていたのだった。

「お峰ちゃんはどうしてさらわれたんすか」

　剣之介の問いかけに、

「今朝早くに、握り飯を届けたんです」

　木兵衛は答えた。

　長五郎にうまいこと持ちかけられ、たとえばおとなしくしているから縄を解いてくれ、縛られたままでは握り飯を食べられないとかなんとか、言葉巧みに縄を解かせたのだろう。お人好しにも、お峰は木兵衛の言葉を信じた結果、さらわれてしまったのだ。

「なんてことだ」

失態《しったい》だと言って、山辺は頭を抱えた。二日酔いと相まってか、苦渋の色が濃くなる。

ここに居てもしかたがないと、剣之介は表に出た。すると、数人の百姓たちが大あわてで走ってきた。

「村長さん、大変だべえ。山崩れが起きて、宿への道が塞《ふさ》がれてしまっただよ」

村長としての責任からであろう。娘の心配をひとまず置き、木兵衛はすぐに行くと答えた。街道への道が閉ざされたとあっては、長五郎の護送どころではない。

剣之介と山辺も、山崩れの現場へと向かった。


なるほど、現場は岩や土砂が堆積《たいせき》している。大木が横たわってもいた。道の両側は山が連なり、とても人馬が行き交うことなどできない。

村総出で、岩や土砂、大木を除去するにしても一日仕事になりそうだ。どうやら、夜中のうちに土砂崩れが起きたようだ。

「真夜中にすごい音が聞こえました。鉄砲水《てっぽうみず》だと、おらは心配したんですだ」

近隣に住む村人が証言した。

「ああ、あのときか」

木兵衛は合点したが、剣之介も山辺も深い眠りのなかにあって気づかなかった。

剣之介は落ち着いて、

「長五郎は、江戸には向かっていないっすよ。女連れだし、ここを越えることはできっこないね」

「じゃあ、神奈川宿方面に逃げたのか」

山辺は言った。

「そうかもしれない。おっさん、神奈川宿に行ってさ、長五郎とお峰ちゃんの行方を手配したほうがいいよ。おれが行ってもいいんだけど、役人との折衝《せっしょう》は火盗改きっての練達同心、山辺左衛門さまのほうがいいんじゃないの」

お世辞混じりに剣之介に言われ、

「そ、そうだな。木兵衛、すまんが馬を貸してくれ」

山辺はその気になった。

「承知しました。よろしくお願いいたします」

お峰のことが思いだされたのか、木兵衛はすがるような目を山辺に向けた。

「あ、そういえば、おっさん、馬に乗れるの」

「あたりまえだ。わしを誰だと思っておる」

「ごめん、ごめん、火盗改きっての練達同心さまだったっすね」

山辺は木兵衛と厩《うまや》に向かった。木兵衛は神奈川宿までの案内に、村人をひとりつけてくれるそうだ。

剣之介はここに居てもしかたがないと、

「閻魔堂ってどっちすか」

と、村人に確かめた。

閻魔堂へは、ゆるやかな山道を十町ほどのぼった先だとわかった。

剣之介は急ぎ足で山道を進む。

梅の花が咲き乱れ、早咲きの山桜《やまざくら》も見られる。鳶《とび》の鳴き声が春空に響く、長閑《のどか》な山村の風景が広がっている。天野たちは、この静かな村に降って湧《わ》いたように現れた災難《さいなん》なのだろう。

途中、山崩れを知らされた村人たちとすれ違った。なかには、

「閻魔さまの罰が当たっただよ」

などと口に出している者もいた。

村人たちが復旧を急ぐのは、青物や山菜を川崎宿に売りにいくためであるとわかった。山間《やまあい》の村とあって、田圃《たんぼ》よりも畑が目につく。それでも、年貢は米で納めなければならない。村にとって、米は貴重であろう。

神社や寺院が見かけられたが、古くはあってもそれなりに手入れがしてある。閻魔堂だけが放っておかれたようだ。

坂道をのぼった先の村外れという地理上の理由に加えて、村人たちは閻魔大王とかかわりになりたくないとでも思っているのかもしれない。

川沿いに閻魔堂はあった。横には雑木林《ぞうきばやし》が広がっている。足を踏み入れたら、時節がら冬眠から覚めた蝮《まむし》に嚙まれそうである。

川の向こうは、別の村のようだ。

新築同然の外装に修築された閻魔堂は、濡れ縁も樫《かし》の木で造作され、ぴかぴかに磨《みが》きたてられている。穴だらけだった板壁は、漆喰《しっくい》塗《ぬ》りの壁に変わっていた。広縁《ひろえん》から庭に階《きざはし》が伸び、ご丁寧《ていねい》に賽銭箱《さいせんばこ》も備えつけてある。

庭を彩る紅梅《こうばい》と白梅《はくばい》は、村のどこからか運ばれ、植樹されたのだろう。一時の休憩の礼に、これだけの仕事をやるとすれば、よほどのお人好しだ。

庭にひとけはない。

――いきなり閻魔堂に押し入り、中の奴らをやっつけてやろうか。

剣之介は境内《けいだい》に足を踏み入れ、紅梅の木陰《こかげ》に身を寄せると、階までの間合いを計った。閻魔堂の観音扉《かんのんとびら》は閉じられている。

腰の長ドスを鞘ごと抜く。手を長ドスに馴染《なじ》ませた。着物の裾《すそ》をまくりあげ、帯に手挟《たばさ》んだ。春光に煌《きらめ》く朱色の鞘が、いかにも頼もしい。

階を駆けあがり、観音扉を開けて、堂内に突入する自分を思い描いてみた。天野たちはまだ寝入っているか、起きているにしても襲われるとは思ってもいないに違いない。

鉛を仕込んだ鞘で、天野をぶちのめすだけでいい。ほかの四人はあわてふためき、ろくに抵抗もできないだろう。白刃《はくじん》を抜くこともなく、片づくはずだ。

――よし、いける。

算段が整うと、剣之介は庭を横切り階に達した。次いで、右足を乗せる。

と、閉じられた観音扉越しに、

「やめてください」

娘の甲走《かんばし》った声が聞こえた。

お峰だ……。

どうして、お峰がここにいるのだ。

ひょっとして、お峰がここに逃げこんだのか。

「天野さん、丁寧に扱ってやってくださいよ」

案の定、長五郎の声も聞こえた。

四

剣之介は階から離れ、ふたたび紅梅の木の陰に身をひそめた。

ほどなくして観音扉が開いた。

天野と思しき浪人が、濡れ縁に立った。意外にも、こざっぱりとした身形《みなり》である。月代《さかやき》は伸びているが、髭《ひげ》はきれいに剃《そ》っていた。細面で目鼻立ちが整い、浪人特有のうらぶれた感じがしない。

「おい、三吉《さんきち》」

と、天野は呼ばわる。三吉と呼ばれた男が、濡れ縁に出てきた。ずんぐりむっくりとした男だ。

「木兵衛の家に行ってな、娘は預かっていると言ってこい。早く二百両を用意しないと、娘を売り飛ばしてやるぞとな」

「なら、ひとっ走り、行ってきますぜ」

三吉は階を駆けおりると同時に、長五郎が天野の横に立った。

「長五郎、おまえ、いいものを持ってきたな。礼を言うぞ」

天野に褒《ほ》められ、長五郎は調子よく応じた。

「へへへ、あっしゃね、お役に立つ男ですぜ」

「それで、木兵衛の家には火盗改がふたりいるんだな」

「そうです。木兵衛がここのことを、火盗改に話したんですよ。奴ら、ここを襲いますぜ。物置き小屋に閉じこめられたんで、そっから先の話は聞いていませんがね、きっと火盗改はやってきます」

「そうか。ならば、二百両と言わず、三百両だな」

「それくらいはもらって当然ですぜ」

長五郎は、ひひひ、と下卑《げび》た笑い声をあげた。

天野と長五郎は閻魔堂の中に戻った。

剣之介は門を出ると、来た道を急いで戻り、木兵衛の家にやってきた。

門の脇《わき》に立ち、三吉が出てくるのを待つ。

待つことしばし、三吉が出てきた。

剣之介は足を出した。三吉はけつまずき、路上に転がる。

「なにしやがんでえ」

すごい剣幕で三吉が見あげた途端、剣之介は襟首《えりくび》をつかんで立たせた。

「てめえ」

三吉は目をむいた。

「あんたさ、天野源次郎の手下なんだろう」

手を離し、まずは穏やかに語りかけた。

「おめえはなんだよ」

「おれはね、火盗改の佐治剣之介さ」

しれっとした顔つきで、剣之介は答えた。

「火盗改……ああ、あの盗人が言っていたな。へえ、あんたがかい」

しげしげと三吉は、剣之介を見直した。

真っ赤な裏地の黒紋付、大刀ではなく朱鞘の長ドス、侍らしからぬ物腰に、一戸惑っているようだ。

「そうだよ。長五郎から聞いているよね」

剣之介に念押しされて、三吉はうなずいた。

「ああ、聞いた。で、それがどうしたってんだ」

「どうしたじゃないさ、あんたらがさ、閻魔堂に居座ってこの村に無理難題をつきつけているって聞いて、放っておけなくなったんだ」

　剣之介は、けたけたと笑った。

「火盗改の旦那、無理難題じゃないさ。おれたちはな、朽ち果てていた閻魔堂をきれいに修繕してやったんだ。新築同様にな。この村はな、仏、ほっとけで、荒れるに任せていたんだぜ。だからな、おれたちの親切によお、お礼をするのが当然なんじゃないか。火盗改さんだってさ、それはわかってくれるだろう」

　三吉は口を尖《とが》らせた。

「それはそうだけど、村人にしてみたら、頼んでもいないのに、あんたらが勝手に修繕したうえに法外な金を要求されたって、被害者だって思っているんだ」

「おれたちだって、ただ働きをするつもりはねえよ」

　三吉が反論するや、剣之介は三吉の頬《ほお》に平手打ちをした。

突然のことに、三吉は頬を撫《な》でながら、

「勘弁してくれよ」

「さっさとこの村から出ていったら、勘弁してやるよ。それと、長五郎をおれに引きわたし、お峰を解き放ったらね」

「そんなことできないよ」

「中の様子を聞こうか」

剣之介は迫った。

「様子たって……なにを話せばいいんだよ」

「刃物はみんな持っているの」

「天野さんは刀を持っているさ。ほかのみんなは刃物たって、鑿《のみ》とか鋸《のこぎり》とかだ。おれは、匕首《あいくち》を持っているけど……」

「物騒だね」

剣之介は懐《ふところ》に呑んだ匕首を、三吉から奪い取った。

「さてと……あんたはここで、おとなしくしているんだね」

言うや剣之介は、拳《こぶし》を三吉の鳩尾《みぞおち》に沈めた。

ぐったりとなった三吉を担いで、木兵衛の家の中に入る。驚きの顔で出迎えた木兵衛から縄を借り、三吉をぐるぐる巻きにして、物置きに転がした。

「娘は……お峰は無事でございますか」

木兵衛が血相を変えて聞いてきた。

「無事だよ」

「お助けください」

両手を合わせ、木兵衛は剣之介を拝んだ。

「すぐにもそうしたいんだけどさ、中には刀を持った天野、鑿や鋸を持った男ばかりがたむろしているんだよ。無理に押し入ったら、お峰ちゃんに危害が及んでしまうからね。はやっちゃあ、いけないいっすよ」

剣之介の言葉に、木兵衛はこくりとうなずき、

「ではどうすれば……」

すがるような目を向けてくる。

「木兵衛さんがさ、酒とか飯を運んだらどうっすか」

「酒と飯をですか。あんな連中にですか」

「木兵衛さんなら、警戒されないでしょう」

剣之介が笑みを投げると、

「ああ、なるほど。敵を油断させるのですな」

木兵衛は納得した。

「ま、単純な企てだけど、単純なほうがうまくいくもんすよ」

剣之介は笑みを深めた。

「わかりました」

木兵衛は、さっそく握り飯と酒を用意させた。

五

握り飯を詰めた弁当箱を風呂敷に包み、両手に五合徳利《ごごうとっくり》を提《さ》げ、木兵衛は家を出た。剣之介は距離をとって続く。

企てはうまく運ぶだろう。天野という浪人は、落ち着いた佇《たたず》まいからして相当な腕だと想像できる。

木兵衛が持参した酒で、多少の酔いがまわった頃合を見計らい、堂内に押し入る。そして、真っ先に天野を倒す。そうすれば、ほかの連中は浮き足立つ。お峰を人質《ひとじち》に取られていても、連中を成敗するのは容易だ。

剣之介がそんな算段をしているうちに、木兵衛が閻魔堂に着いた。

次いで、心細そうにこちらを振り返る。

剣之介は中に入るよう、目でうながした。

閻魔堂に向かう木兵衛に、剣之介も注意しながら近づいた。

木兵衛は閻魔堂の階まで達したところで、

「おはようございます」

大きな声で呼びかけた。

しばらくして観音扉が開き、天野が出てきた。

「おお、木兵衛。二百両を持ってまいったか」

天野は上機嫌で問いかけた。

「いま、揃えております。まずは、朝餉《あさげ》でも召しあがっていただこうと思いましてな、こうして」

木兵衛は両手の五合徳利と、背中の風呂敷包みを示した。

「そうか、ま、いいだろう。入れ」

天野は顎《あご》をしゃくった。

「失礼いたします」

律儀に挨拶《あいさつ》をしてから階をのぼり、木兵衛は中に入っていった。

その場で剣之介がじっと待っていると、やがて、木兵衛が出てきた。

剣之介は木兵衛を、そっと呼び寄せた。

「連中は酒を飲んでるのかい」

「はい、みなさん、茶碗酒《ちゃわんざけ》で飲みはじめました。天野は、お峰に酌《しゃく》をさせております」

苦々しげに木兵衛は答えた。

「でかした。あとは酔った頃合をみて、踏みこめばいい。お峰ちゃんを無事に連れ戻すし、天野たちを退治してやるさ。まあ、任せておいて」

剣之介は胸を張って言い、木兵衛を先に帰らせた。

四半刻《しはんとき》ほど待つと、剣之介は庭を突っきり、階を駆けあがった。濡れ縁をまたぎ、観音扉を蹴《け》り開ける。

剣之介は長ドスを鞘ごと抜いた。

「あっ」

驚きの目を敵たちは向けてきた。

しかし、その目は六つ、すなわち三人で、天野と長五郎の姿がない。

三人のならず者は酒を飲んでいた。お峰もいないと思ったら、幸い、隅《すみ》で震えていた。剣之介は三人の顔面を、瞬《また》く間に朱鞘で殴りつけた。三人は鼻血を飛び散らせながら、板敷きに転がる。

堂内はきれいになっているが、鎮座《ちんざ》まします閻魔大王の木像だけは朽ちていた。不似合いな木像ゆえ、かえって閻魔大王の恐ろしさを際立たせている。

そんな閻魔大王の前で悲鳴をあげる三人に、

「天野と長五郎はどこっすか」

と、問いかけた。

「ええ……」

みな、口をあんぐりと半開きにさせた。

剣之介はひとりの襟首をつかんで立たせると、

「天野と長五郎はどこへ行ったんだよ」

と、今度は強い口調で問いかけた。

「いや、それが……」

男はしどろもどろとなり、知らない、と答えた。

「とぼけちゃ困るっすよ。一緒に飯を食べていたんでしょう」

剣之介は殴りかからんばかりの勢いで言った。

「ほんとに知らねえですよ。小便をしてくると言って出ていったきりですよ」

「長五郎もか」

「そうです。連れしょんだって、一緒に出ていきました」

「つれしょんねえ……」

剣之介は冷笑を放ってから、問いかけを続けた。

「長五郎は、今朝やってきたんでしょう」

「ええ、まだ夜が明けきらないうちに、閻魔堂の観音扉が叩かれましてね。それで、女連れで、火盗改に追われているんだって、がなりたてたんですよ」

子分たちは迷惑がったが、天野は娘を人質に取ることができると、長五郎を受け入れたのだった。

「わかった。天野と長五郎の行方はともかくとして、あんたらは素直にお縄になるんすよ」

剣之介の言葉に、男たちは逆らわなかった。

ひとまず、木兵衛の家に戻った。

天野の子分たちは、神奈川陣屋の役人が身柄を引き取ることになった。木兵衛は、お峰が無事だったことに感謝をした。

囲炉裏端でお茶を飲みながら、剣之介は聞きこみをはじめた。

「お峰ちゃん、話を聞かせてほしいんだけどな」

お峰はおどおどとしながらも、話はできると応じた。

「長五郎に連れ去られたときの様子を思いだしてくれないかな」

「明け六つ前に嵐が去って……いい天気になったんです……それでわたし……」

たどたどしい物言いで語ったところによると、握り飯を二個、物置きに届けたそうだ。

「それで、すぐに出ていこうとしたんですけど、長五郎さんは、縛られていたんじゃ食べられないって、縄を解いてほしいって」

「だからって、危ないだろう」

「でも、捕まってから全然食べさせてもらっていないって、腹ぺこだから乱暴なんかできないからって。それで、わたし、その言葉を信じてしまって」

弱々しげに頼みこむ長五郎にほだされ、お峰は縄を解いたのだった。

「怖かっただろう」

という剣之介の問いかけには意外にも、

「そんなに怖くはなかった」

と、お峰は答えた。

村を出るまで人質となってくれればいい、村を出たら解放する、と約束したそうだ。騙《だま》されるという気はしなかった。長五郎の口調は優しげで乱暴はしなかったから、とお峰は言った。

ことさら穏やかに長五郎が接したのは、お峰に抵抗されて、剣之介や山辺に気づかれることを恐れたのだろう。

まんまと長五郎は、お峰を人質に取って逃げた。ところが、街道へ出る道が山崩れで塞がれてしまっていた。

「それで、長五郎さんは閻魔堂はどこだって」

長五郎の指示で、閻魔堂を目指すことになった。道中も、長五郎は乱暴な口をきくこともなく、おとなしかったという。

「無事でよかったよ」

感に堪《た》えぬように木兵衛が言った。

「よかったね」

剣之介も応じた。


そこへ山辺が戻ってきた。

「おっさん、どうだった」

剣之介が問いかけると、保土ヶ谷宿《ほどがやしゆく》で長五郎の手配を依頼してきた、と山辺は言った。

「それがさあ、長五郎の奴、閻魔堂にいたんだよ」

剣之介は閻魔堂に行った経緯《いきさつ》を、かいつまんで語った。

「へえ、そうか。長五郎め……では、わしはとんだ無駄足だったということか」

山辺は悔いた。

「そんなことはないよ。結果としてさ、長五郎は逃亡したんだから。行方知れずっすよ」

「どこへ行ったのだ」

「わからないから、行方知れずってことじゃない」

剣之介に言われ、

「それもそうか」

山辺はむすっと口を閉ざした。

「ともかく、そう遠くへはいけないさ」

剣之介の言葉にうなずきながら、

「それにしても、どうして長五郎と天野が一緒に逃亡したのだろうな」

山辺は首をひねった。

剣之介が答える前に、

「あっ、そうか。火盗改がいると長五郎から聞いて、これはまずいと逃げだしたというわけだな」

自分ひとりで納得した。

剣之介はお峰に向き、

「天野って、そんな素振《そぶ》りだったの」

「いいえ、天野という浪人さんは、火盗改と聞いても、少しもあわてていませんでしたけど」

「……そうだろうな。浮き足立ったのなら、子分たちもびびるはずだよ。残された子分たちはのんびりと飯を食べ、酒を飲んでいたんだからね」

お峰の証言を受け、剣之介は納得した。

「では、どういうことだ。ますますわからなくなったな」

山辺は腕を組んだ。

「ほんと、わからないっすよ。ひょっとして長五郎と天野は、以前からの知り合いだったのかもしれないね。昨日の晩、ここで飲み食いしていたとき、天野の名前が出て、長五郎は知っている素振りを見せたもの。お峰ちゃんから見て、どうだった」

剣之介に問われ、

「う〜ん、そうですね……ええっと……とくには……とくには仲良しという雰囲気ではありませんでしたね」

思いだしながらお峰は答えた。

「たしかに知り合いってことだと、ちょっと偶然すぎるか。長五郎が天野を知っている素振りを見せたのは、おれたちを惑わそうとしただけなのかもしれない」

剣之介の考えに、山辺はうなずいた。

「すると、ふたりが逃げたわけは、利を求めたってことかもしれないね」

「利……どんな」

山辺が首を傾《かし》げる。

「だからさ、村のどこかに儲《もう》け口があると踏んだんじゃないの」

「どういうことだ。たとえば、埋蔵金《まいぞうきん》があるとかか」

山辺の言葉を受け、剣之介は木兵衛に問いかけた。

「この村に埋蔵金があるんすか」

剣之介らしい直截《ちょくせつ》さで問いかけた。

「いいえ、そんなものあるはずがございません。ご覧のとおりの貧しい村でございますよ」

木兵衛は首を左右に振った。

するど山辺が、

「平家《へいけ》の落ち武者が居ついた、などという伝承はないのか。こういう山間の村にこそ、平家の埋蔵金が隠されていると聞くぞ」

「おっさん、顔に似合わず、そんな夢物語を信じるんだ」

剣之介がからかうと、木兵衛は大真面目な顔になり、強い口調で否定した。

「平家の落ち武者だの埋蔵金だの、そんな話は聞いたことございません」

「まあ……そうだよな」

さすがに山辺も、残念そうに受け入れた。

「となると、天野と長五郎はどこへ行ったんすかね」

あらためて剣之介は疑問を投げかける。

と、

「村長さん、ごめんくだせえ」

という声とともに、数人の村人が入ってきた。

「どうしたね」

木兵衛が問いかけると、村人のひとりが思わぬことを告げた。

「閻魔堂の横の雑木林で、人が死んでいるだよ」

「だっ……誰だい」

すぐに木兵衛は立ちあがった。

「知らない人だ」

村人の返事を待たずに、剣之介と山辺も腰をあげていた。

六

村人の案内で、剣之介と山辺は木兵衛をともなって閻魔堂脇の雑木林へとやってきた。聞いたとおり、雑木林の中で男が横たわっていた。

「長五郎だぞ」

山辺は驚きの声をあげた。

長五郎は袈裟懸《けさが》けに斬《き》られていた。

「天野の仕業だな」

山辺は唸《うな》った。

天野は長五郎とともに閻魔堂を出た。そして長五郎が邪魔になったか、諍《いさか》いを起こしたのか、天野は長五郎を斬ったのだろう。

「いったい、どうしたんだろうな」

悄然《しょうぜん》として立ち尽くす山辺の横で、

「わからないね」

剣之介もまるで見当がつかない。

「村人たちで山狩りをします」

村長としての責任につき動かされるように木兵衛は言ったが、村人の多くが山崩れの復旧にあたっているとあって、人手不足は否《いな》めない。

「ともかく、おれたちは天野の子分に話を聞こうか」

剣之介の提案に、山辺も従った。


さっそく木兵衛の家に戻った剣之介と山辺は、物置き小屋に入り、天野の手下たちと対峙《たいじ》した。

手下の四人のなかで、兄貴分は喜多八《きたはち》という男だった。

「旦那、おれたち、悪いことなんかしてませんぜ。だって、そうでしょう。おれたちはさ、荒れ果てていた閻魔堂を掃除しただけじゃなくって、修築までしたんだぜ」

喜多八が口を尖らせると、

「黙らんか。おまえらは村人を脅して、金をせびっておったではないか」

山辺が頭ごなしに怒鳴りつけた。

喜多八は仲間を見まわし、不満を言いたてる。

「そんなこと言われてもなあ、おれたち手間賃をもらっていないもんなあ」

使い走りの三吉が、

「そうですよ。ただ働きじゃないですか。そりゃあ、飲み食いはさせてもらいましたがね」

と、情けない顔で訴えかけた。

するとそれをきっかけにして、四人は口々に文句を並べはじめた。

「ええい、うるさい。盗人猛々《たけだけ》しいとは、おまえたちのことだ」

山辺は諌めたが、納得いかないと、なおも喜多八は抗《あらが》った。

「そりゃ旦那、違いますぜ、あっしらはむしろ被害を受けているんですって」

「うるさい」

とうとう、山辺の顔が真っ赤になった。

「まあまあ、おっさん、こいつらはさ、天野に使われただけだよ」

剣之介が制するのも聞かず、

「その天野に、長五郎は殺されたんだぞ。こいつらだって仲間なんだ。まったく罪がないとは言えん。罪を犯したと、わからせないといかんのだ」

山辺はむきになって言った。

「まあ、そのことはひとまず置いといて、いまは天野の行方を追うことが肝心だよ。こいつらの罪を責めている間に、天野に逃げられたんじゃ、しょうがないっしょ」

「それはまあ……そうだが……」

剣之介に諭《さと》され、山辺もしぶしぶうなずく。

あらためて剣之介は四人に向いた。

「あんたたちさ、天野さんとは付き合いが長いのかい」

「いいえ」

喜多八はかぶりを振り、残る三人も違いますと証言した。

「じゃあ、どこで知り合ったんだい」

「保土ヶ谷の宿ですよ」

喜多八の言葉に、三人はうなずいた。

四人はよく集まって、保土ヶ谷宿の縄暖簾《なわのれん》で飲んでいたという。みな素行が悪く、それぞれの棟梁《とうりょう》をしくじっていた。

「それで、あっしら、しくじり組なんて言いあってましてね」

そんなふうに、愚痴《ぐち》を言いあっていたところ、

「酒の替わりがやたらと遅くなった。酒飲みってのは、酒が切れると苛々《いらいら》するもんで。そんなところに、天野さんが声をかけてきたんですよ」

天野は自分の酒をまわしてくれたそうだ。

「それで、天野さんの酒を頂戴《ちょうだい》している間に、あっしらが頼んだ酒も来ましたんで、今度はあっしらが天野さんに酌をしたんですよ。やったりとったりを繰り返しましたら、酒飲みの常で親しくなりまして。そのうちに天野さんから、おまえたちは大工や左官のようだなって聞かれたんですよ」

四人が大工や職人だとわかると、天野は、腕はいいのか、と問いかけてきたそうだ。

「こう見えても、あっしら、腕自慢ですからね。酒で気が大きくなって言うんじゃない。あっしらは腕だけでおまんまと酒にありついているんですって、返事をしたんですよ」

するると天野が、いい仕事があるぞ、と持ちかけてきた。

「なんでも、ひとり二十両はかたいって話でしたよ」

喜多八が言うと、みな大きく首を縦に振った。

「そりゃ、うまい仕事だよな。で、天野に誘われて、この村にやってきたってわけだ」

「そういうこってす」

「それで、仕事ってのは……」

「古くさい閻魔堂の改修ってことでしたよ」

喜多八は答えた。

七

「すると、天野は最初から、閻魔堂を修築するつもりでこの村にやってきたわけだな」

剣之介は首をひねりながら言った。

「そういうことになるな」

山辺もうなずく。

「天野は閻魔堂について、なにか言ってなかったかい」

剣之介の問いかけに、

「荒れ放題の朽ち果てた建物で、きれいにすれば、いい金になるって。それに、飲み食いも自由だからなって」

天野の言葉を、喜多八たちは信じた。

「うますぎる話とは思わなかったのかい」

「思わなくもなかったんですけどね、どうせ、仕事にあぶれていましたんで、まあ、渡りに舟っていうか……話半分にしても、行ってみるだけの値打ちはあるって踏んだんでさあ」

喜多八の言葉に嘘《うそ》はないだろう。

「それで、天野はあんたらが修築をしている間、なにをしていたんすか」

いままですらすらと答えていたのに、この剣之介の問いかけには、喜多八は言葉を詰まらせた。

「ええっとね」

喜多八は仲間に確かめた。

いかにも不審そうな面持ちで、三吉が代わりに答える。

「それがですよ、ご浪人って言いましても、天野さんはお侍さまですからね。汚れ仕事はなさらねえって思っていたんですよ。ところが、熱心に掃除をおやりになりまして」

「そうそう。それであっしは、そんなことなさらねえでくださいって、お願いしたんですよ」

喜多八は言い添えた。

三日後、草むしりと掃除が終わり、修築がはじまると、天野はぱたりと手伝いをしなくなった。

「掃除と違いまして、あとは大工と職人の仕事ですんでね、腕がないとできませんや。で、これぱっかりは、素人《しろうと》に手出し口出しをされたら迷惑ってもんだ。天野さんも、ぼおっとあっしらの仕事を見ておられるか、どこかへ出かけられて暇潰《つぶ》しをなさっておられるようでしたよ」

天野の行動を思いだしたようで、喜多八は饒舌《じょうぜつ》になった。

「暇潰しというと」

「行き先は存じませんがね。村のあちらこちらを散歩なさっておられたんじゃありませんか」

「まこと、暇潰しだな」

笑った山辺の表情がやわらかになったのを見て、ここぞとばかりに喜多八は言いたてた。

「ねえ、おわかりくださったでしょう。あっしら、天野さんにいい仕事があるって連れてこられただけなんですから。決して、悪いことなんかしてないんですから。いただける手間賃が払われるまで、居ただけですよ。ねえ、火盗改の旦那、勘弁してくださいよ」

ところが、またもや山辺は表情を強張《こわば》らせ、

「村人を脅したのだろう。役人に訴えたら村中を火の海にするとか、女を手籠めにするとか、男は殺すとか」

「天野さんが脅していたんですよ。そりゃ、あっしらは脇で天野さんを囃《はや》したてはしましたがね。あっしら、人なんか殺せるはずありませんや。火盗改の旦那ならわかるじゃござんせんか。あっしらに、火付けとか人殺しができるなんて思われますか」

喜多八以下、みな情けない間抜け面を向けてきた。人は見かけによらないが、この連中に凶悪な真似はできないだろうと、剣之介は判断した。

「そのことはもういいっすよ。で、長五郎って盗人がやってきたでしょう。長五郎と天野は、どんな話をしていたんだい」

「どんなって言われてもね……」

喜多八は首をひねった。

「なにも言葉を交わさなかったってことはないだろう。なんでもいいからさ、思いだしてくれよ」

剣之介が頼むと、喜多八は仲間と話しあった。

しばらくして彼らは、長五郎が閻魔堂を訪ねてきてからのことを語りだした。

閻魔堂にやってきた長五郎を、最初、喜多八たちは拒絶したという。木兵衛の娘を人質に取った盗人を、とてものこと受け入れる気にはなれなかったのだ。

「それで、天野さんも追いだしにかかったんですよ」

喜多八は言った。

天野は長五郎に、出ていけ、と言い放ち、閻魔堂の外に連れだした。

「お峰ちゃんはどうしたんだい」

剣之介の問いかけに、

「あの娘は、天野さんが気に入りましてね、娘だけを置いていけって、木兵衛への脅しにもなるからって。それに、身のまわりの世話とか飯炊《めした》きに使うことになさったんです」

お峰と違って、長五郎はかえって邪魔なだけだと、天野は吐き捨てた。

「それが、どうして閻魔堂に残ることになったんだ」

「天野さんがあの盗人と、閻魔堂の外に出ていったあとですよ」

しばらくして、天野は長五郎を連れて戻ってきたそうだ。

「天野は、どうして長五郎を連れ戻したって言っていたんすか」

「力仕事に使ってやるって、おっしゃいましたね」

喜多八の答えに、三人もうなずく。

「ということは、閻魔堂の外で、天野の気を変えさせるなにかがあったということっすね。天野は長五郎から、なにか耳寄りな話を聞いたのかもしれない」

剣之介の言葉に、山辺が反応する。

「それってなんだ」

「お宝かもしれないね」

からかうように、剣之介は噴きだした。

「この村に宝なんかないって、おまえは言っていたじゃないか」

不満そうに山辺は言いたてた。

「それは、さっきのことっすよ」

悪びれることなく、剣之介は言ってのける。

「まったく、おまえという奴は……」

「お宝っていうかさ、暁の長五郎は、盗んだ品物をこの村に隠していたのかもしれないよ」

「ほんとか」

途端に、山辺は勢いこんだ。

「ほんとかどうかはわからないよ。ひとつの考えだってこと」

「なんだ」

がっくりと肩を落とした山辺だったが、剣之介はなおも付け加えた。

「だけどさ、そう考えると辻褄《つじつま》は合うよ。天野が長五郎を受け入れ、一緒にこっそりと抜けだしたことがね」

「それもそうだな」

腕を組んで、山辺が深くうなずいた。

「その話がほんとなら、ずいぶんとずるいもんでさあ」

顔を歪《ゆが》めた喜多八とともに、残る三人も天野の悪口を並べはじめた。

「暁の長五郎が盗んだ品物や金って言いますと、いったい、どれくらいになるんですかね。いえね、ちょいと興味がありますんで」

「千両や二千両じゃないだろうね」

剣之介が言うと、

「そりゃ、すげえや」

喜多八以下、みな驚きの声をあげた。

「それじゃあ、あっしらを置き去りにして出ていくはずだよ」

閻魔堂に居座っても、村人から得ることができるのは二百両、そのうちの半分の百両を、天野は自分のものにするつもりだったようだ。それでも、残りはひとり二十五両である。

「長五郎は、自分が隠したお宝を餌《えさ》にして、閻魔堂にかくまってくれと持ちかけたわけだな」

山辺の言葉に続けて、剣之介が楽しげに、

「だったら、村総出で、長五郎のお宝を探してみるのもいいね」

「よし、さっそく木兵衛に頼むとするか」

すっかりと山辺は乗り気だ。

「では、あっしらはお解き放ちということで、よろしゅうござんすね」

ここぞとばかりに、喜多八は申し出た。

「駄目だ」

山辺が即座に拒絶する。

「どうしてですよ」

喜多八は、むっとして問い返す。

「天野を捕まえるまでは駄目だ。天野を捕まえ、おまえらは天野と知り合った経緯を証言してもらうことになる」

「そりゃねえよ。もし、天野さんが見つからなかったら、どうするんですよ。あっしら、ずっとこの物置き小屋で暮らさなきゃいけないんですか」

そりゃ殺生《せっしょう》だ、と喜多八は言いたてた。

「そうならないように、天野が見つかりますようにと祈ってるんだね」

剣之介は愉快そうに告げた。

八

物置き小屋を出たふたりは、木兵衛をつかまえた。

「天野の捜索は、いかがなっておる」

山辺が尋ねると、おずおずと木兵衛は答えた。

「山狩りをしておりますんで、そのうちに、なにか手がかりが見つかると思うのですが」

「ところでさ、この村に、盗人のお宝が隠されているって話は、聞いたことがあるかい」

剣之介の問いかけに、木兵衛は目を丸くした。

「それは本当ですか」

「こっちが聞いているんだけど」

「いえいえ、そんな話、聞いたことがありませんな。もっとも、盗人がわしらにわかるように、お宝を隠すはずもございませんが……」

たしかに木兵衛の言うとおりである。

「この村でさあ、お宝を隠すとしたらどこだろう」

剣之介の問いかけに、

「いやあ、まあ、山の中とかですかな」

首をひねりながら木兵衛は答えた。

「すると、山狩りが功《こう》を奏《そう》するかもしれんぞ。天野はいまも、長五郎の隠したお宝を探し求めているのだろうからな」

山辺は頬をゆるめた。

「さようでございますな。それでは、山狩りにもっと人数をあてましょうか」

「おお、頼む」

木兵衛は奉公人を使いに出した。

「なんだか解せないね」

剣之介のみは、納得できないとばかりに顔を曇らせた。

「なにがだ」

「天野はさ、なにしに来たんだろうね」

剣之介の言葉に、山辺がぽかんと口を開けた。

「そ、それは、長五郎のお宝を掘りあてようとしたってことだろう」

山辺がそう答えると、剣之介は薄笑いを浮かべた。

「おっさん、寝ぼけているんじゃないっすよ。天野がこの村にやってきたとき、長五郎のお宝があるなんて知らなかったはずでしょう。しかも、閻魔堂に長五郎がやってきたときには、天野は追いだそうとした。それが、長五郎からなにかを聞いて、かくまう気になった。そのなにかが、お宝かもしれないってことなんだからさ。なら、天野がどんな目的でこの村にやってきたかっていう疑問は、依然として残るんだよ」

「あ、そうか」

山辺は頭を掻いた。

「わざわざこの村にやってきて、閻魔堂を修築した。まるで、閻魔堂の修築自体が目的みたいだ」

「それもそうだな」

剣之介が疑問を重ねると、山辺も疑念を深めた。

「閻魔堂だよ。やっぱり、閻魔堂に事件の謎《なぞ》を解く鍵《かぎ》があるんすよ」

剣之介は断言した。

「閻魔堂か……」

「となると、さっそく調べ直さなきゃね」

剣之介は言うや、物置き小屋に向かった。

喜多八が困惑の目を向けてくる。

「閻魔堂に行くよ」

いきなり剣之介が言うと、

「ええ」

喜多八たちは困惑して、仲間たちと顔を見あわせた。

次いで、

「閻魔堂に戻ってどうするんですよ」

口を尖らせて文句を言う。

「いいから、いいから」

「でも、なにを……」

不安でわなわなと唇を震わせた喜多八に、

「解き放たれたくないのかい」

「え？　行けば解き放ってくださるんですね」

「役立ったらね」

軽々と約束する剣之介の横で、山辺がきょとんとしている。

剣之介と山辺は喜多八たちを連れて、閻魔堂に戻った。

「さて、と」

剣之介はあたりを見まわす。

「閻魔堂、壊してよ」

ことをなげに命じた剣之介のひとことに、

「ええっ」

喜多八は驚きの声をあげた。

「いいから、壊してよ」

重ねて剣之介が催促をすると、

「でも、せっかく修繕……いや、新築したっていうのに」

喜多八は抵抗を示し、ほかの者も躊躇っている。

「どうして、躊躇うんだよ」

だんだんと剣之介は苛立《いらだ》ってきた。

「そりゃそうでしょう。こちとら、一生懸命建てたんですよ。職人はね、物を造るってことに、命を賭《か》けているんです。それをですよ、自分たちが造った物を壊せなんて……そりゃ、殺生ってもんですよ」

喜多八は渋面を作った。

「でもさ、あんたたちが丹精《たんせい》をこめて造ったのに、手間賃は一銭ももらえてないんだろう」

「ええ、そうですよ」

「だったらさ、壊したっていいんじゃないの」

剣之介の無理やりな理屈を、三吉が受け止めたようだ。

「そうだ。壊してやりましょうよ。だってもともとはさ、朽ち果てていたんだよ。もとの……なんて言いましたっけね。ええっと」

三吉が山辺を見た。

「もとの鞘に戻る、か」

山辺が言うと、

「もとの木阿弥《もくあみ》だろう」

剣之介が訂正した。

「わかりましたよ。壊しますよ」

みなのやりとりを聞いているうちに、ようやくのこと喜多八は引き受けた。

閻魔堂が喜多八たちの手によって解体されていくところへ、木兵衛がふらりと姿を見せた。

「な、なにをしているんですか」

驚きと怒りで顔を歪め、木兵衛は言いたてた。

「見てわからないの。閻魔堂を壊しているんすよ」

平然と剣之介は答える。

「どうして、そんな……ひどいじゃありませんか」

「なにがひどいもんか。ここは、もともと朽ち果てていたんだもの。喜多八たちがさ、親切で修築したんだよね」

「それは、そうですけど」

木兵衛は口をもごもごとさせた。

「だったら、いいでしょう。もとの状態に戻るだけだ」

そう言って話を打ち切り、剣之介は喜多八たちを急《せ》かした。その声を受け、喜多八たちは閻魔堂を壊していった。

「さてと」

そこで剣之介が、手をこすりあわせ、喜多八たちに告げた。

「あとひとつ、ここを掘ってよ」

ここまできたら剣之介に従おうと、喜多八は仲間と一緒に土を掘り返した。

木兵衛はおどおどとしていたが、居たたまれないようで、いつの間にか閻魔堂から去っていた。

やがて、

「あれ」

喜多八が素《す》っ頓狂《とんきょう》な声をあげた。

「どうしたの」

剣之介が問いかけると、

「なにかにあたるんですよ」

「掘り返してくれよ」

剣之介に言われ、喜多八たちは張りきって掘り続けた。

「こりゃ……扉ですね。穴倉《あなぐら》かなにかでしょう」

喜多八の言葉に、山辺は驚きながら問いかける。

「なにがあるんだ」

「見てみましょうかい」

「お宝か……暁の長五郎が隠していた財宝か」

山辺が言うと、喜多八たちも期待の目を光らせた。

手柄を期待する山辺を尻目に、喜多八が扉を開いた。

途端に、

「ああっ」

喜多八が大声をあげて腰を抜かした。

「やはりお宝か。どれ、どんな具合だ」

期待に胸を弾ませた山辺が、喜多八を横にどかして覗きこむ。

すると、

「ああっ」

山辺も驚愕《きょうがく》した。

次いで剣之介を振り返り、

「これはいったい、どういうことだ」

「見てのとおりっすよ。どうやら、予想があたったみたいだな」

剣之介は、ゆっくりと穴倉の扉に近づいた。

扉の下はある程度の深さがあり、剣之介はひょいと飛びおりた。足元は板敷きで、ところどころに穴が空いている。

そして、その穴を避けるように、天野源次郎の亡骸《なきがら》が転がっていた。後頭部が割れている。

そばには穴倉の天井を支えるためか、太い柱があり、転倒して頭をぶつけたのかもしれない。だが、そう見せかけた殺しとも思える。

「どういうことだ」

ふたたび山辺が問いかけてきた。

「だから、天野源次郎は殺されて、亡骸がここに隠されていたってことだよ」

けろっと答える剣之介に、山辺が勢いこんで問い返す。

「誰に殺されたんだ」

「決まっているじゃない。村人だよ。やらせたのは木兵衛さ」

またも剣之介は、さらりと答えた。

「木兵衛がどうして……」

「ほんとですよ。いったい、どういうこってすか。二百両払うのが惜《お》しくなって殺したんですか」

喜多八も、わけがわからないと首をひねった。

「それもあるだろうけどさ。隠しておきたい物があって、それが表沙汰《おもてざた》になったらまずいからさ」

「ということは、やはり長五郎のお宝を隠していたのか」

「長五郎がこの村に、盗んだ金を隠していたかどうかはわからないけど、ここにあるのはお宝じゃないね」

そう言って剣之介は、穴倉の少し奥に中腰のまま進んでいった。

山辺と喜多八が、ひっつくようにして狭い穴倉におりる。

「あれだよ」

剣之介の指す先には、米俵《こめだわら》が積んであった。

「あの中に、金が隠してあるのか？」

山辺は素っ頓狂な声をあげた。

「違うよ。米俵はあくまで米俵だよ」

するすると近づいた剣之介は、長ドスを抜き、切っ先を俵に突き刺した。米がひと筋の滝のように流れ落ちた。

「なんだ、米じゃないか」

山辺が不満そうな声を漏らす。

「だから、米だって言ったじゃない」

剣之介は笑った。

「ここは米蔵ということか」

　山辺の問いかけに、

「でしょうね」

「そんなものを、天野は血眼《ちまなこ》になって探し、木兵衛たち村人は必死で隠そうとしたのか」

「そうさ」

　剣之介は思わせぶりな笑みを浮かべた。

「どういうことだ……」

「つまりはね、隠し米……年貢《ねんぐ》から隠している米ということっすよ」

　剣之介が言い放つと同時に、外から、ばたばたと大勢の足音が迫ってくるのが聞こえた。穴倉に閉じこめられてはかなわんと、剣之介たちはすぐさま穴倉から出た。

　ぎりぎりのところで、木兵衛が村人を連れて戻ってきた。

「佐治さま、見つけてしまわれましたか」

　木兵衛は薄笑いを浮かべた。

「ああ、見つけちゃったっすよ。それで、おれたちも口封じするの？」

剣之介が言うと、山辺が刀の鞘に右手をかけた。喜多八たちは、おどおどするばかりだ。

木兵衛は口を閉ざし、なにも答えない。

「これ以上、人殺しを続けるの？」

そう問いかけながら、剣之介は木兵衛に近づいていった。まわりの村人は鎌や鋤を手に、剣之介を睨《にら》んでいる。

ややあって、木兵衛は目を血走らせる村人を諫め、

「……年貢の納め時ですな」

と、頭をさげた。

「天野がこの村にやってきたのは、隠し米を摘発《てきはつ》するためだったんじゃないの」

剣之介の問いかけに、

「そうだったんだと思います」

「じゃあ、天野は勘定《かんじよう》奉行の隠密《おんみつ》だったのかい」

幕府直轄地、すなわち天領を統括《とうかつ》するのは、勘定奉行である。

「さようです。天野さまは天領の年貢収穫が間違いなくおこなわれているか、年貢のごまかしはないかを探索するお役目でした。この村以前にも、いくつかの村

の隠し米を摘発してきたそうです」

天野は経験から、隠し米の所在の見当をつけていた。

村外れにある荒れ果てた閻魔堂……他の神社や寺は手入れさせているのに、ここだけが荒れるに任せてある。きっと、米の隠し場所に違いない、と睨んだ天野は、閻魔堂に居座った。

「天野が勘定奉行の隠密だと、いつわかったんすか」

「今朝です。佐治さまに言われ、握り飯と酒を届けたとき、天野さまから言われたのです。隠し米を摘発されたくなかったら、二百両を出せ、と。そうすれば、この村は正しく年貢を納めていると、勘定奉行さまに報告すると」

木兵衛はうなだれた。

「二百両惜しさに、天野を殺したんすか」

「違います。天野さまを手にかけてなどおりません」

強い調子で、木兵衛は否定した。

剣之介は扉を開けたままの穴倉に近づき、天野の亡骸を見おろした。ふと、板敷きに空いている穴を見た。

もしかすると、天野は暗いところで米俵を確かめようとして穴に足を取られ、転倒し、柱に頭をぶつけたのかもしれない。

そこで山辺が、胸のうちの疑問を剣之介に投げかけた。

「暁の長五郎を殺したのは、天野で間違いないのだな」

「そうっすよ」

「どうして、殺したんだ」

「想像だけどさ、長五郎は天野の正体を知っていたんじゃないかな。長五郎一味は、天領で盗みを働いていたからね」

「そういえば、昨晩、長五郎は天野の名を聞いて、知っている素振りを示したな。あれは芝居じゃなくて、本当だったんだな」

「長五郎は天野にかくまってもらおうと、閻魔堂に押しかけた。しかし、天野から追いだされそうになった。そこで長五郎は、天野の素性《すじょう》をばらすと脅したんでしょう。で、火盗改が閻魔堂を襲うと耳にし、喜多八たちが捕まる間、穴倉に隠れていたんすよ」

やれやれ、と剣之介は話を締めくくった。

木兵衛が両手をついた。村人たちも木兵衛に倣う。

「申しわけございませんでした。責任は村長のわしがとります。村人に罪はございません」

木兵衛は訴えかけた。

剣之介は表情を引きしめ、

「今回の一件、まことにもってけしからん。村長木兵衛、畏《おそ》れ入るがよい」

不似合いに格式ばった物言いで、木兵衛を譴責《けんせき》した。

土下座《どげざ》をする木兵衛に、剣之介はなおも言い放つ。

「わかったら、喜多八たちに手間賃を払ってやれ。そうだな、……ええっと、ひとり五両、四人で二十両だ。喜多八、それでいいな」

剣之介に言われ、

「ええっ、五両ですか」

離れた場所で様子をうかがっていた喜多八が、突然問われて口をもごもごとさせた。金額に不満があるらしい。

「飲み食いさせてもらっていたんだろう。あんまり欲張っちゃ、閻魔さまの罰が当たるっすよ」

剣之介が笑うと、喜多八も苦笑を浮かべた。

「それもそうですね」

「木兵衛さん、いいっすね」

木兵衛の肩を、剣之介は叩いた。木兵衛は顔をあげ、

「あの……隠し米の一件は……」

「隠し米？　ああ、あれは閻魔さまへのお供えでしょう」

「それでよろしいので」

「いいんじゃないっすか」

木兵衛は、ほっとため息をついた。村人たちも、口々によかったと言って、肩を叩きあっている。

剣之介が了解を求めるように視線を向けると、山辺もうなずいた。

それでなくとも、山間の寒村《かんそん》は、米の収穫がままならないのだ。嵐も来れば日照《ひで》りもある。多くはない収穫米をこつこつと備蓄《びちく》するのは、村人たちの努力だろう。

「天野と長五郎の死はどうする。長五郎は逃げたゆえ、我らが斬ったで通るだろうが、天野は……」

山辺の危惧は木兵衛も抱いたようで、安堵《あんど》の表情が曇った。

「天野さんは立派な隠密だったんだ。なにせ、逃げる長五郎と刺し違えたんだか

らね」

剣之介の言葉に、山辺は笑みを浮かべてうなずいた。

「……このぶっとび野郎め」

「さて、江戸まで帰るっすよ」

剣之介は空を見あげた。

西日が目に眩しい。鳶の鳴き声が、山に木霊《こだま》した。

第二話　無欲の剣

一

春が深まった如月の二十日。

梅は散ったが、桜が蕾《つぼみ》となり、花見が待ち遠しい時節だ。三寒四温《さんかんしおん》とはよく言ったもので、昨日ぽかぽかの日和だったが、今日は冬に戻ったかのような厳しい寒さだ。

「おい、剣之介、借金の取り立てを頼む」

父の音次郎《おとじろう》が声をかけてきた。

剣之介の住まいは、上野《うえの》の御徒大縄地《おかちおおなわち》に軒《のき》を連ねる、徒組の者たちが住まう屋敷のひとつだ。百坪の敷地、冠木門《かぶきもん》を備えた屋敷ばかりとあって、四年前に入居した当初は迷ったものである。

非番の朝、居間でごろごろしていたところを、音次郎に声をかけられたのだ。還暦《かんれき》をひとつ越し、髪は白くなって皺《しわ》も増えたが肌艶《はだつや》はよく、息子同様に目つきは鋭い。

文机《ふづくえ》に帳面を広げて、算盤玉《そろばんだま》を弾いている。なにも今朝にかぎったことではなく、年がら年中、銭勘定をしているのが常だ。金貸しは、音次郎の天職と言えた。

「義助《ぎすけ》に頼めよ」

音次郎が取り立てを任せている幇間《ほうかん》だ。

めんどうだとばかりに、剣之介は大きく伸びをした。

「あいつは寝こんでおるのだ。おまえ、今日は非番なのだろう」

「非番だからって、借金の取り立てなんか行きたくはないさ」

「たまには親孝行《おやこうこう》しろ」

音次郎になかば強引に依頼され、暇《ひま》ということもあって、剣之介は引き受けることになった。

取り立て先は、本所吾妻橋《ほんじょあづまばし》近くの呉服屋・千成屋《せんなりや》の若旦那《わかだんな》、伊勢吉《いせきち》であった。

貸し付けた金は、利子《りし》を含めて十二両と二分。放蕩《ほうとう》息子なのだろう。遊び金欲しさに、音次郎から借りたに違いない。

寒風が砂塵《さじん》を巻きあげるなか、剣之介は千成屋の店先に立った。空色地に金糸《きんし》で虎《とら》の絵を描いた派手な小袖《こそで》を着流し、重ねた黒紋付《くろもんつき》の裏地は真っ赤だ。紫の帯に落とし差しにしているのは、大刀ではなく長ドス。

鞘《さや》は朱色《しゅいろ》という、侍とは思えないいやくざないでたちであった。

風に裾《すそ》がまくれ、緋《ひ》襦袢《じゅばん》がちらちらと覗《のぞ》いていた。

屋根看板を見ると、創業七十年、いまの亭主《ていしゅ》は三代目だ。してみると放蕩息子は四代目になるのだろう。

間口《まぐち》十間の、なかなかの大店である。

暖簾《のれん》をくぐると、さまざまな反物《たんもの》や半襟《はんえり》なども扱っている。商家の娘や武家の妻女などが、手代《てだい》から反物を見せられながらさかんにしゃべっていた。

「なにかお探しでございますか」

ふと、手代のひとりが愛想よく剣之介に語りかけてきた。

「若旦那に会いたいんすよ」

剣之介が言うと、手代の表情が引きしまり、帳場に顔を向ける。帳場机の前に座っていた主人と思《おぼ》しき中年男が立ちあがり、こちらに向かって歩いてきた。

手代が、若旦那のお客さまです、と小声で告げた。主人はうなずくと、剣之介を見た。

「おれは佐治剣之介。こちらの若旦那に貸している金の、取り立てにきたんだけどさ」

剣之介は単刀直入に告げた。

主人はうなずき、

「こちらへ」

と、店の奥へと剣之介を導いた。

「悪いね。それで若旦那は……」

剣之介の問いかけにはすぐに答えず、主人は、千成屋伊平《いへい》です、と名乗って、それから、

「伊勢吉はおりません」

と、答えた。

「どこか遊びにいっているんすか」

「勘当《かんどう》しました」

感情を読みとれない声音《こわね》で、伊平は言った。

「勘当……それはまたどうして」

問いかけてから、おおかた放蕩が過ぎたからだろうな、と見当をつけた。

「お察しのとおりだと思いますが、道楽《どうらく》に身をもち崩しまして。お恥ずかしい話ですが、店の金に手をつけ、方々の親戚《しんせき》からも借金をするありさま。手前も、とうとう堪忍袋《かんにんぶくろ》の緒《お》が切れたのでございます」

「女、酒、博打《ばくち》の三道楽ってことっすか」

「倅《せがれ》は下戸《げこ》でございます。博打もやりません。女というのは……くわしくは知りませんが、おそらく違うでしょう」

穏やかに伊平は答えた。

「すると、道楽っていうのは」

「やっとう、でございます」

伊平は剣を振るう真似をした。

「へ～、剣術っすか」

意外だった。

「町人の分際で、剣術にのめりこみまして」

「伊勢吉さん、剣術修行でもしていたんすか」

「ええ。深川《ふかがわ》の永代橋《えいたいばし》の近くに、菊井左近兵衛《きくいさこんひょうえ》とか申される先生の道場がありましてな。勘当されたいまも、そこに居候《いそうろう》をして修行をしておるようです」

「しかし、剣術なら、そんなに金はかからないんじゃないの。道具とか胴着《どうぎ》くらいでしょう」

剣之介は首をひねった。

「手前も最初はそう思ったのですが、なんだかんだと金を持ちだすのです。道場の修繕費だとか、門人方に振る舞うとか」

困ったものだと、伊平は嘆《なげ》いた。

「それって、町道場主からいいように使われているんじゃないの」

「手前もそんなふうに考えましたので、そのことを申したのですが、倅が申しますには、菊井先生はまことに人格高潔《こうけつ》。武芸者として実に立派な方だと、賞賛する始末なのです」

「ふ〜ん」

ふたたび剣之介は首をひねった。

「それで、少しばかり頭を冷やしてやろうと思いましてな。勘当した次第です。

どうせ、金目的で倅のことを門人に加えたのでしょうから、金がないとあれば菊井先生は倅をもてあましますよ。すぐに追いだされると思うのですよ」

「話はわかった。じゃあさ、これ、父親のあんたが払ってくださいよ」

伊勢吉の借金証文を、伊平に見せた。

勘当をしたから、もはや無関係だとでも言うかと思っていたが、

「わかりました。少々、お待ちを」

意外にも伊平は応じてくれそうだ。

厄介な取り立てにならなくてよかった、とほっとしていると、

「どうぞ、お持ちください」

伊平は十五両を手渡してきた。

「いや、十二両と……」

剣之介がもらいすぎを言いたてると、

「承知しております。残りのお金で、頼み事を聞いていただきたいのです」

伊平は、伊勢吉の様子を見てきてほしいのです、と頼んできた。

「ええ……おれじゃなくてもいいんじゃないの」

面倒なことには巻きこまれたくはない。

「いえ、その……手前どもの身内では、倅は警戒するはず。それに、できれば道場から連れ戻してほしいのです。もちろん、そうなれば別途にお礼は差しあげます」

「へえ、そうなんだ」

ついつい、剣之介の心うちに欲が出た。

「お願いします」

重ねて伊平に頼まれ、

「わかったよ」

とうとう、剣之介は引き受けてしまった。

安堵《あんど》の笑みを浮かべた伊平に、ふと気にかかったことを尋ねる。

「伊勢吉さんは剣術が道楽ってことですけど、伊平さんは無趣味なんすか。商《あきな》いひと筋ですか」

すると、伊平は恥ずかしそうにうつむいたあと、

「なくはないのです。ああその……飲む、打つ、買うではございません。骨董《こっとう》でございます」

「骨董っていうと、古臭《ふるくさ》い壺とか皿をありがたがる……」

「そうなのです。まあ、そんなだいそれた代物《しろもの》は手出しできませんがな。なんと申しますか、骨董市ですとか町の道具屋さんなんかで、いわゆる掘りだし物を見つけるのが楽しみと申しましょうかね」

「じゃあ、伊平さんは相当の目利きなんすね」

「いやあ、目利きとまでは……」

と、謙遜《けんそん》しながらも、床の間の掛《か》け軸《じく》は雪舟《せっしゅう》の水墨画《すいぼくが》で、骨董市で思いのほか安く買った掘りだし物なのです、と自慢した。

床の間を見ると、たしかに水墨画の掛け軸がかかっている。

「これが雪舟ですか」

剣之介は立ちあがり床の間に立つと、掛け軸に触った。途端に、伊平の目が尖《とが》った。思わず剣之介は手を離す。

「これ、いくらで買ったんですか」

剣之介の問いかけに、伊平の目元がゆるんだ。

「百両ですがね。たしかな目利きの先生にお見せしましたら、千両はくだらないそうです」

「へ〜え、千両か。そりゃ、すげえや」

剣之介が驚く様を見て、伊平はすっかり機嫌がよくなったようだ。

「骨董道楽をしておりますと、こういうこともありますので」

最後は誇《ほこ》らしげに言った。


伊平から所在を聞いて、深川永代橋の近く、深川相川町《あいかわちょう》の菊井左近兵衛道場にやってきた。

大川《おおかわ》の川端に建つ菊井道場は、江戸中でよく見かける町道場である。武者窓《むしゃまど》から覗くと、門人たちが稽古《けいこ》をしていた。数えると五人。みな、面と胴、籠手《こて》といった防具《ぼうぐ》を身に着け、竹刀《しない》を手にしている。どの門人も、お世辞にもうまいとは言えない。それどころか、素振りすらもおぼつかない様子だ。

見所《けんじょ》に視線を向けると誰もいない。

菊井の姿を探したが、それらしき者は見あたらなかった。では、伊勢吉は誰だと目を凝《こ》らした。五人はいずれも、どんぐりの背比べといったありさまである。

剣之介は木戸をくぐると、道場の玄関に足を踏み入れた。

「頼もう」

つい、いかにも道場破りに来たかのような言葉を発してしまった。

すぐに若い男が出てきた。面と籠手を取り、紺《こん》の胴着を身に着けている。胴着も防具も不似合いな、ひょろっとした若者である。

ひょっとしたらこの男が伊勢吉だろうか、と見当をつけたところで、

「道場破りですか」

男は聞いてきた。

「いや、そうじゃない。おれはね、本所吾妻橋の千成屋の若旦那、伊勢吉さんを訪ねてきたんすよ」

案の定、

「伊勢吉はあたしだけど」

若者は訝《いぶか》しげに剣之介を見返した。

「あ、そうなんすか。なら、話は早いね。伊勢吉さん、家に戻ってくれよ」

単刀直入に剣之介は頼んだ。

「嫌ですよ」

伊勢吉は目をむいた。

「そんなこと言わないで。帰ってくれよ」

「いや、その、あんたは……」

伊勢吉に不審がられ、

「あ、ごめんごめん。おれはね、佐治剣之介っていってさ、あんたが金を借りた佐治音次郎の息子なんすよ。それでさ、業突《ごうつ》く張《ば》りの親父に頼まれて、借金取りに千成屋を訪ねたってわけさ。でね、あんたのおとっつぁん、本当にいい人だね。あんたの借金を肩代わりしてくれたんだよ。全額払ってくれたばかりか上乗せしてくれて、その代わりにあんたを連れ戻してくれって頼まれたんだ。だからさ、おれの顔を立てて帰ってくれよ」

「いや、その、あんたの顔を立てろと言われてもねえ」

伊勢吉は胡乱《うろん》なものを見るような目で、剣之介を見返す。

「そりゃ、そうだね。初めて会う男に言われても、はいそうですかっていうわけにはいかないものね」

ものわかりよく剣之介は返す。

「なんと言われようと、帰るわけにはいかないよ」

伊勢吉は念押しした。

「わかった。でもさ、どうしてここの道場にいるの。親父さんの話だと、この道場のために、さんざんお金を使っているそうじゃないか」

「そりゃ、あたしが男惚《おとこぼ》れしたからですよ。菊井左近兵衛先生にね」

伊勢吉は胸を張った。

「そんなに立派な先生なんすか」

「古今東西、菊井先生ほどの剣客《けんかく》はいないと、あたしは思うよ。剣ばかりか人格高潔《こうけつ》、武士のなかの武士だよ」

伊勢吉が、菊井以外の剣客をそれほど知っているとは思えないが、

「そりゃ、たいした惚れようだね」

とりあえず、言葉を受け入れた。

「もちろんさ」

伊勢吉は夢見るような顔をした。

二

こうなってくると、伊勢吉がここまで男惚れする菊井という男に会ってみたくなった。

「菊井先生はいらっしゃるのかい」

剣之介が問いかけると、

「出稽古でお留守なんだ」

「というと……」

「先生の腕を慕《した》って、方々の武家屋敷から稽古の要請が来るんだ」

誇らしげに答える伊勢吉に、剣之介は疑わしげに聞き返した。

「武家屋敷なら、稽古のお手当てもいいのだろう?」

道場内を見まわせば、庭は雑草が生い茂り、建物の屋根瓦ははがれ、お世辞にも立派な道場とは言えない。門人の数も少ない。

武家屋敷の出稽古となれば、相応の報酬《ほうしゅう》があるはずだ。それに、伊勢吉だって、道場のために相当な金を使っているはずである。

「ところで、伊勢吉さん、方々から借金をしているんだろう。いったい、なにに使っているの」

剣之介が問いかけると、

「先生のために使っているんだ」

てらいもなく伊勢吉は答えた。

「それ、どういうこと」

剣之介は首をひねる。

「先生はこの世になくてはならないお人なんだ。絶対に必要なお方なんだ。だからね、世に出なければいけないんだよ。あたしの勝手で、先生の借金を肩代わりして差しあげたんです。あとは日々の暮らしにも、なにかと入り用でね」

伊勢吉の口調は熱を帯びてきた。

「そういえば、この道場、流派はなんすか」

「先生は中西派《なかにしは》一刀流《いっとうりゅう》で免許皆伝《めんきょかいでん》を受けてから回国《かいこく》修行をされ、独自に菊井天神流を開かれたんだ」

「回国修行ねえ……」

疑わしげな剣之介に、

「先生を疑うのか」

伊勢吉の目が尖った。

親父の伊平も、こんな目をした。自慢の骨董品、雪舟の水墨画の掛け軸に触ろうとしたときだ。どうやら親子そろって、人や物に耽溺《たんでき》する癖《くせ》があるようだ。

「疑ってはいないさ。そう怒らないで」

剣之介が伊勢吉を戒《いまし》めたところで、

「先生」

伊勢吉の顔が輝いた。

振り向くと、若い侍が入ってきた。

すらりと背が高く、濃紺の小袖に裁着《たつつ》け袴《ばかま》。細面《ほそおもて》で眉目秀麗《びもくしゅうれい》な男である。なるほど、見てくれは申し分ない。

「菊井先生っすか」

剣之介が声をかけると、

「さよう、菊井左近兵衛です」

丁寧《ていねい》な言葉遣いで、菊井は挨拶《あいさつ》をした。

「おれ、佐治剣之介っていいます。御家人《ごけにん》なんだけどさ、さっそくだけど先生、勝負してくれよ」

いきなり剣之介は手合わせを申し出た。

伊勢吉が目を三角にして、色めきたつ。

「ちょっとあんた、な、なにを言いだすんだ」

「道場破りっすよ」

剣之介はぬけぬけと返した。

「ほう、道場破りですか」

落ち着いた表情で、菊井は剣之介を見返した。あらためて剣之介は、

「一手指南、お願いいたす」

大真面目な顔で言った。

「他流試合はいたしません」

だが、菊井はやんわりと断った。

「そこをお願いします。菊井左近兵衛先生の武名を聞き、これはぜひにもご教授をお願いせねばと思ってやってきたんすから」

剣之介が頼みこむと、

「やめておかれよ」

口元に余裕の笑みをたたえながら、菊井はなおも拒《こば》んだ。

ここで伊勢吉が、

「少ないですが、路銀《ろぎん》の足しにされよ」

かしこまった顔で、一両を剣之介に渡そうとした。

「道場破り撃退《げきたい》の方法ということか。いや、銭金はいらないよ」

剣之介はひらひらと右手を振った。

――こうやって伊勢吉は、道場のために金を使っているのか。やってくる相手に一両ずつ渡していたら、いくら金があっても足りないだろうな。

剣之介は内心でため息をついた。

ということは、菊井はさほどの腕ではないのか。伊勢吉は騙《だま》されているのかもしれない。

ますます菊井の腕を確かめたくなった。

「まあ、そうはおっしゃらず……」

伊勢吉は無理に、剣之介に受け取らせようとした。

「いらない！」

今度は強い口調で拒絶した。

そこで菊井が、とりなすように言った。

「ご無礼と思われたら失礼いたしした。ともかく、他流試合はせぬことにしておるのです」

「そこのところをなんとかお願いいたしますよ」

剣之介はしつこく願ったが、

「いや、やめておかれよ」

今度は心なしか、上からの目線である。

「どうしても、一手指南をお願いしたいのですよ。聞き入れてくれなけりゃ、帰らないっすよ」

「それは、困りましたな。ご覧のとおりのあばら家といえど、見ず知らずのお方に居座られては迷惑というものです」

「先生は迷惑がっておられるんですよ。帰ってください」

困惑している菊井を見て、伊勢吉は剣之介を追いだしにかかった。

「本当は弱いんじゃないの」

冷笑を浮かべ、剣之介はからかうように言った。

「無礼だぞ！」

たちまち、伊勢吉が色めきだった。

「でもさ、そうなんじゃないの。自信がないから避けているんでしょう」

「もう許さんぞ！」

甲走《かんばし》った声を発し、伊勢吉が剣之介に迫った。

「あんたに許されなくてもさ、こちらの先生に許してもらえばいいっしょ」

剣之介の軽口に、菊井は穏やかな表情を崩さず、

「それほどまでに申されるのでしたら、一手、お手合わせをいたしましょう」

静かに応じた。

「そうこなくちゃあ」

勇みだった剣之介だったが、一方で意外な思いがした。

——まさか、勝負を受けるとは。

気負いもなく勝負を受けて立つとは、腕はたしかなのか。

「では、こちらへ」

菊井は道場に、剣之介を案内をした。

「悪いね」

剣之介は伊勢吉に声をかけ、菊井に続いた。


道場に入ってみると、門人が稽古を止めて、菊井の顔をうかがった。

「こちらは佐治剣之介殿、修行の身だそうだ。これより、わたしが佐治殿のお相手をいたすゆえ、みなはとっくりと見ておるように」

涼やかな表情で語る菊井は、なるほど、道場主の威厳を漂わせていた。

剣之介は襷《たすき》を掛け、木刀《ぼくとう》を借りる。

「先生は独自の剣を編みだされたんでしょう」

剣之介が声をかけると、

「いかにも。ですが、こうして道場に来られる修行者の方々とお相手いたすときは、中西派一刀流の流儀でお相手をいたすのです」

穏やかに菊井は告げた。

静かなたたずまいを示し、それがかえって剣客としての自信を感じさせる。

「そうっすか。おれ、なんでもいいっすよ」

剣之介が応じると、胴と面、籠手を用意された。

中西派一刀流が町人剣術だと揶揄《やゆ》されるのは、防具を使うからだ。しかし、防具を使うことにより、竹刀を打ちあうことができる。

型重視のこれまでの流派との違いが、それだ。

また、防具を身に着ける安心感から、町人の門人も増やすことになり、中西派一刀流は多くの門人を得るに至った。

剣之介も面と胴、籠手を身に着け、木刀ではなく竹刀を手にする。道場の隅《すみ》に、黒紋付をたたんで置いた。裏地を表にたたんだため、板敷きに真っ赤な花が咲いたようだ。

「防具、竹刀は使い慣れておられぬようでありますな。しばし、身体に馴染《なじ》むよう素振りでもされよ」

菊井は余裕たっぷりである。

剣之介は勧めに従い、しばし素振りをおこなった。

なるほど、竹刀は長い。これを操《あやつ》るのは、稽古を積まねばならないだろう。

横目に菊井を見ると、防具を着けることもなく見所で正座をしている。その穏やかな表情は、あたかも茶室にいるかのようだ。

やはり、相当な剣客か、それともはったりなのか。

はかりかねたが、なに、手合わせをすればわかることだ。素振りを繰り返し、身体が温まって、血のめぐりがよくなった。多少の違和感は残っているが、竹刀も手に馴染んできた。

「いいっすよ」

気軽な調子で、剣之介は声をかけた。

菊井は軽くうなずき、竹刀を手にすっくと立ちあがった。

そのまま静かに、道場の真ん中に立つ。

剣之介は菊井と、五間の間合いをとって対峙《たいじ》した。

「お願いいたす」

菊井は言い、下段に構える。

剣之介は挨拶もそこそこにいきなり、突きを繰りだした。

奇襲をかけたのだが、菊井は動じずに竹刀を下段からすりあげ、剣之介の竹刀を弾いた。

剣之介はすり足で後退し、大上段に構える。菊井は正眼《せいがん》に構え、竹刀の先を小刻みに動かした。鳥が囀《さえず》るような、剣之介を小馬鹿にしているような、誘っているような動きに、剣之介は魅入《みい》られるようにして間合いを詰めた。

菊井の動きは風のようだった。

音もしない足運びで剣之介の懐《ふところ》に入りこむと、気がついたときには胴を抜かれていた。

あまりにもあざやかだった。

剣之介のような自己流の喧嘩《けんか》剣法とは違う、これぞ王道剣法だ。

強いだけではなく品格がある。

「負けました」

負けず嫌いの剣之介が素直に敗北を認めるほどに、嫌味がなかった。

少しも驕《おご》らず、誇らず、それでいて凜《りん》とした剣である。

菊井は剣之介に向かって一礼した。

三

「いや、たいしたもんだね。ほんと、お見それしましたよ」

剣之介は敬服した。菊井は表情を変えることなく、

「こちらこそ」

と、挨拶を返した。

伊勢吉は誇らしげに、

「先生の腕がわかっただろう」

「わかったよ。さすがだね」

剣之介が返すと、

「うちの先生は日本一だよ」

どんなもんだと、伊勢吉は自分のことのように自慢した。

「これ、大仰《おおぎょう》なことを申すでない。我以外、すべての者が師なのだ」

驕ることのない菊井の言葉は、たしかに本人の人柄を伝えているようだ。

「立派だねえ」

言いながら、剣之介はふと疑問に思った。これほどの腕の剣客が、どうしてこんなあばら家で道場主をやっているのだ。武家屋敷に出稽古を頼まれるのも、嘘《うそ》ではあるまい。

それがどうして。

菊井左近兵衛……いったい何者なのだ。

深い興味を抱いた剣之介は、きちんと挨拶をした。

「先生、おれを弟子《でし》にしてくれよ。あ、いや、拙者《せっしゃ》を弟子にしてください」

「そのお気持ち、まことにありがたいのですが、弟子はとりません」

「でも、門人方がいらっしゃるじゃありませんか」

剣之介は伊勢吉たちを見まわした。

するとと菊井は、

「武士の弟子はとらないのです」

と、言った。

それから言葉足らずと思ったのか、

「それに、この者たちを弟子とは思っておりませぬ。ともに剣の修行に励む仲間だと思っております」

と、微笑《ほほえ》みをたたえた。

「なるほどね、仲間か。おれはね、御家人ってことになっているんだけどさ、親父は金貸し。金貸しで稼いだ金でもって、御家人株を買ったにすぎないんだ。だからさ、少し前までは金貸しの手先、ごろつきだよ」

剣之介は言った。

「なるほど。しかし、わたしから学ぶものはないと存じるが」

それでも菊井は躊躇《ためら》いを示した。

「弟子じゃなくさ、仲間に加えてよ。いいっしょ」

気さくに剣之介は頼みこんだ。

「……わかりました」

とうとう、菊井は受け入れた。

「ありがとうございます」

それでも一応の礼儀だと思い、入門料を尋ねたが、

「不要です」

菊井は丁重《ていちょう》に断った。

それから、

「これより、直参旗本《じきさんはたもと》、桃川与十郎《ももかわよじゅうろう》殿の御屋敷に稽古にまいります。みな、申しわけないが、今日のところは、これで稽古を終えたいと存じます」

みなに一礼した。

おのおのが帰り支度をはじめる。

勘当された身の伊勢吉は、やはりこの道場に寝泊りをしているそうだ。

菊井が出かけていくと、道場には伊勢吉と剣之介だけが残った。

「佐治さん、お帰りにならないんですか」

伊勢吉は聞いてきた。

「なにか手伝うよ」

剣之介は気さくに申し出る。

「とくにありません」

「掃除とかさ」

そう言いながら周囲を見まわし、板敷きを手で触りながら、

「なんだか、ざらざらしているじゃないか。掃除していないんでしょう」

批難《ひなん》がましいことを言う。

「先生が掃除の必要はないって、おっしゃるんだ。あたしはね、掃除しますって何度も申し出ているんだよ」

伊勢吉も困っているそうだ。

「へえ、そうなんだ。そりゃ珍しいね。道場は神聖な場所だって、たいていの道場主は考えるもんだよ。剣の修行は、不潔《ふけつ》な道場じゃできないもんじゃないの」

剣之介の考えに、伊勢吉も賛同した。

「あたしもそう思うんですけどね」

「少々、風変わりなお方だね」

「では、台所仕事がありますんで」

「飯を作るの？　わかった、手伝うよ」

「頼んでいいんですか」

「あたりまえじゃない。伊勢吉さんは兄弟子なんすからね」

「兄弟子はやめてくれよ。先生もおっしゃっていたじゃないか。我らは仲間だって」

「そうだったっすね。だったら、なおさらおれも手伝うよ」

剣之介がそう言って笑いを発して、ふたりは台所に立った。


夕暮れ時、菊井が戻ってきた。

「なんだ、佐治さん、いたのですか」

「ええ、もう少し先生と話がしたいんすよ」

「そうですか。ならば、一緒に食事をしましょう」

気さくに菊井は応じてくれた。

「こりゃ、ありがたいや」

母屋《おもや》の座敷で、三人は食事をとった。菊井は酒が好きなようで、料理にはほとんど箸《はし》をつけず、ひたすらに杯を重ねている。

肴《さかな》はというと、漬物《つけもの》とめざしであった。

上機嫌で飲んでいた菊井が、ふと剣之介のほうを見やった。

「どうです、佐治さんも、もっと呑《の》んでは」

「おれはゆっくりやっていますから」

やんわりと断ると、

「いいではないか」

酒が入ったせいか、案外と菊井はしつこい。

「じゃあ」

と、剣之介は酌《しゃく》を受け、杯を一気に飲み干す。

「いい飲みっぷりではないか。うむ、佐治さんは見どころがあるな」

菊井は嬉《うれ》しそうな顔をした。

それからも酒を飲み続け、

「伊勢吉、酒だ。酒が足りんぞ」

これまでの穏やかさは、いまやすっかりとなりをひそめ、横柄《おうへい》な口調になっていた。

どうやら、相当に酒癖が悪そうだ。ひょっとして、この酒癖の悪さが災《わざわ》いをして、ずいぶんと損《そん》をしているのではなかろうか。

「ただちに」

それでも伊勢吉は、めんどうがる素振《そぶ》りも見せず、健気《けなげ》にも酒を買いに出かけていった。

「先生は、仕官《しかん》はなさらないのですか」

剣之介が話題を向けると、

「ああ、仕官なんぞせぬ」

「どうしてですか。先生ほどの腕であれば、あちらこちらの御家から仕官の誘いがあるんでしょう?」

「むろん、あるにはあるが、すべて……断っておる……」

呂律《ろれつ》が怪しくなってきたばかりか、ここは暑い、と顔を歪《ゆが》め、羽織《はおり》を脱ぎ、脇《わき》に置いた。

「どうして仕官なさらないのですか」

ふたたび問うてみた。

「わたしはな……禄《ろく》にありつきたくて剣の修行をしておるわけではない。剣を売り物にはしたくないのだ。剣を売るなんぞ、まことの剣客ではない。そんな堕落《だらく》した者にはならんぞ」

菊井の語調は、すっかりと乱暴になった。

「そうっすかね。武士なんだから、剣の腕を買われるっていうのは、誇っていいんじゃないっすかねえ」

あえて剣之介は抗《あらが》った。

「そういう武芸者もおる。しかし、わたしはそれを潔《いさぎよ》しとは思わぬ」

「なるほど、ご立派なお考えだけど、正直言って、おれはもったいないって思うっすよ」

剣之介はなおも異論をとなえた。

「それを俗物と申す！　世の中には俗物が多すぎる。そうした者どもは、外面《そとづら》ば
かり気にする。人も剣も、この世のすべては外見ではなく中味なのだ」

目を血走らせ、菊井は声を大きくした。

「おれは俗物っすよ。でもね、これは俗物とか武士の矜持《きょうじ》とかの問題じゃないで
しょう。武芸で身を立てるのは、武士としていちばん誇らしい道なんじゃないの。

あ、いや、偉そうなこと言うけどね」

持論を展開する剣之介に対して、菊井も語調を強めた。

「そうはしたくはないのだ。外見ではなく中味を大事にしたい」

「なら、訊《き》くけどさ、先生はどうしたいんだい」

「どうしたいとは」

「このあと、どうなりたいの。目標とかあるんすか。外見よりも中味を追求する
ってことっすか。でも、それ、具体的にはどういうことかな。先生なりの目標が

あるんすよね」

「そんなものは……」

表情を曇らせ、菊井はつぶやくように、「ない」と言い添えた。

「いや、おれも偉そうなことは言えないんだよね。おれだって、目標なんかないんだからさ。でも、おれみたいないいかげんな男だったら、その日暮らしっていうのもわかるけど、先生のような立派なお方がさ、その日暮らしっていうのは、どうかと思うよ。先生を慕う門人、いや、仲間だっているんだしね」

「だから、わたしは、人から尊敬されるような男でも、生き方をしておるわけでもないのだ」

「でも、伊勢吉なんか、心から先生を尊敬しているじゃないすか」

「あいつは、よい男だ」

「そうだよ、伊勢吉はね、先生と道場のために方々で借金をして、とうとう勘当の身になったんだからね」

そこで菊井の目が、大きく見開かれた。

「勘当されたというのは、まことか……」

「嘘ついたってしょうがないっしょ」

「それは悪いことをしたな」

菊井はがっくりとうなだれた。

「先生を尊敬しているからこそさ」

「ともかくだ。どう言われようと、わたしは仕官する気はないし、自分の剣を出世に使おうとも思わない」

宣言するように菊井は言うと、突っ伏してしまった。

そこへ、

「先生、お酒、買ってまいりましたよ」

と、明朗《めいろう》な声とともに、伊勢吉が帰ってきた。酔い潰《つぶ》れている菊井を見て、

「先生、お休みになったんですか」

「いつもこんなふうなのかい」

剣之介が問いかけると、

「まあ、珍しくはないな……」

伊勢吉はかたわらに脱いであった羽織を、菊井にかけた。

「酒癖が悪いね」

「先生は日頃、いろいろと我慢しておられるからね、お酒を飲むと……」

「鬱憤《うっぷん》が爆発するっていうことか」

剣之介の言葉に、力なく伊勢吉は答える。

「たぶんね」

「これほどの腕を持っておられるのに、先生は仕官をなさらないんだよね。どうしてなのかな。なにか、大きなわけがあるんじゃないのか」

「あたしにはわからないけどさ、先生には先生のお考えがあるんじゃないの」

まるで答えになっていないが、もっともらしい口調で伊勢吉は言った。

「そのお考えっていうのに、興味があるね」

「剣之介さん……」

伊勢吉の表情が強張《こわば》った。

「なんだい」

笑顔で剣之介は問い返した。

「あんた、ひょっとして先生を仕官させるために、この道場に潜りこんだんじゃないの」

剣呑《けんのん》な目となって、伊勢吉は責めるような口調で言った。

「馬鹿なこと言わないでくれよ。おれがどこの大名家の家臣に見えるんだよ」

「大名家の家臣どころか、侍にも見えないけれど……」

なおも伊勢吉は、疑いの目を向けてきた。

「だったらさ、親父さんに確認したらいいじゃないか。勘当されていて訪ねづらいなら、千成屋の手代にでもさ。そうすれば、おれが借金の取り立てであんたを訪ねたってこと、わかるはずだからさ」

「そうか、そうだよね。さっき借金の証文、見せてくれたものね。いや、疑って悪かった。このとおり……」

伊勢吉はぺこりと頭をさげた。

「それはいいんだけどさ。そんな疑うってことは、先生を仕官させるために道場に乗りこんでくる者たちもいるってわけか」

「仕官どころか、婿《むこ》に欲しいってお旗本もいるんだ」

伊勢吉は不愉快そうに答えた。

「へえ、そりゃ、すごいっすね。さすがは菊井左近兵衛先生だ。どの程度の旗本か知らないけれど、いい話だと思うっすよ。それも、先生は断っているのか。武芸で婿養子になるのは本意ではない、とかおっしゃって」

「そうなんだよ」

「お旗本に見こまれるなんて、光栄なことだと思うけどね。もっとも、おれはごめんだけどね。ご覧のとおりのいいかげんな男だからさ、旗本なんて堅苦しい暮らしはまっぴらなんだけど。先生は酒以外、武芸ひと筋のお方なんだから、旗本にふさわしいかもしれないよ」

剣之介の言葉にうなずきながら、伊勢吉は、

「お旗本もだけど、そのお嬢さまのほうも、先生に熱をあげてるみたいなんだ」

「なるほど、先生は男前だものな。女にもてるのもわかるね。そんなら、断る理由はないじゃない。それとも、おれみたいに、束縛《そくばく》や堅苦しい暮らしが嫌なのかなあ」

「先生は剣の道を生きたい、とおっしゃっているけどね」

「よくわからないけど、深いお考えがあるんだろう。ああ、そういやあ、先生はどちらかの大名に仕《つか》えていたのかな」

「いや……先生のお父上が、たしか相州小田原藩《そうしゅうおだわらはん》・大久保加賀守《おおくぼかがのかみ》さまに仕えておられたんだよ」

「小田原藩の大久保家か。譜代《ふだい》の名門じゃないか。でも、お父上は御家を離れたんだね」

ひょっとして、父親が浪人した経緯《いきさつ》が、かかわっているのかもしれない。

「お父上は健在かい」

「いや、もう、ずいぶん前に亡くなられたそうだよ」

伊勢吉が答えたところで、

「ごめん」

野太い声が、玄関で聞こえた。伊勢吉は顔を歪め、おいでなすった、とつぶやいてから腰をあげた。

「ただいま」

剣之介は興味をそそられ、ついていった。

玄関には、初老の武士が立っていた。羽織、袴に威儀を正しているところを見ると、どこぞの家中の武士なのだろう。

「塚本《つかもと》さま、あいにくと先生はお休みになられました。今夜は面談がかないませんので、お引き取りをお願いいたします」

伊勢吉は丁寧に断りを入れた。

「なに、近くまでまいったのでな、立ち寄ったまで。先生によしなにお伝えくだされ」

と、清酒《せいしゅ》の入った五合徳利《ごごうとっくり》を置くと、そそくさと帰っていった。

「いまのは……」

剣之介が訊くと、

「噂《うわさ》をすれば影というやつですよ」

伊勢吉はにんまりとした。

「じゃあ、いまのが先生を婿養子に迎えたいと望んでおられる、お旗本の使い……なのかい」

剣之介の問いかけに、伊勢吉は首肯《しゅこう》した。

「直参旗本二千石、小普請組組頭《こぶしんぐみくみがしら》・桃井主水介《もものいもんどのすけ》さまの用人《ようにん》で、塚本貫太郎《かんたろう》さまだよ。ああして、ときどき酒を届けるんだ」

忌々《いまいま》しそうに伊勢吉は答えた。

「塚本さんにしたら、殿さまと姫さまの命令で、面倒な役目を押しつけられているわけだ」

「そうなんだろうね」

「お嬢さまの気持ちを、先生はご存じなのかな」

「わからないね」

「先生は色恋には疎《うと》そうだものね」

剣之介の言葉に、伊勢吉はくすりと笑い、

「とにかく、先生は断っておられるのに、塚本さまはしつこいんだ。いつも手《て》土産《みやげ》……まあ、決まってお酒だけどさ、上方《かみがた》からの下《くだ》り酒《ざけ》を持って、来訪なさるんだ」

菊井は金は拒絶するが、酒は受け取るのだそうだ。そのことを知った塚本は、折をみては清酒を手土産にしてやってくるのだとか。

「先生は、いまも桃井さまに出稽古しておられるのかい」

「ええ、まあ。そうなんですけどね」

「じゃあ、お嬢さまから、恋文とかもらっているんじゃないのかな」

「剣之介さんもおっしゃったように、先生は色恋沙汰《ざた》には興味がない様子ですからね。なにもお嬢さまのお話はなさいません」

「頑《かたく》なな人だねえ」

「剣の道ひと筋なんだよ。あたしは、そんな一途な先生に惚れたんだけどさ」

「興味あるな」

「佐治さん、あんまり詮索《せんさく》しないでおくれよ」

伊勢吉は抗議《こうぎ》めいた口調となったが、

「だけどさ、あんただって気になるんじゃないのかい」

剣之介がにんまりとすると、

「そりゃ、そうだけどさ」

伊勢吉もじつは気になっている様子である。

「そらみろ」

「佐治さんが誘うからさ」

「でも気になるな」

「まあね」

「確かめようよ」

「いや」

「悪いことじゃないだろう」

剣之介が誘うと、

「それはそうだけど」

「もったいないよ、先生を埋《う》もれさすのは」

剣之介は断言するように言った。

「だけど先生は、決して剣を立身《りっしん》には役立てない、とおっしゃるんだよ」

「そもそもあんた、先生を尊敬しているんだろう」

「そうさ。だから、親父から勘当されてまで、先生の身のまわりのお世話をしているんだよ」

伊勢吉は胸を張った。

「親父さんに勘当を解いてほしいとは思わないんだね」

「思うわけないよ。親父は金、金、金って、口を開けば金儲《かねもう》けのことしか考えていないんだからさ。あとは骨董……かびくさい古めかしいガラクタに入れこんでいるんだ。ほんと、自分のことしか考えないっつうか、あたしのやることなすことが気に食わないんだよ」

伊勢吉は伊平の悪口を並べた。

「そんな親父さんを見返したいとは思わないのかい」

「そりゃ見返してやりたいさ」

「じゃあさ、おれは、こんなに立派な先生に弟子入りしているんだってことを、自慢してやったらどうなんだ」

「そりゃそうだけどさ。でも、親父を見返すために先生を利用するっていうのは、やっぱり気が進まないよ」

「……あんた、案外と純情なんだな」

剣之介がからかうと、

「あたりまえさ」

妙なところで、伊勢吉は胸を張った。

「まあ、見返す云々は置いといても、先生だってさ、立派な仕官先が決まれば、本心ではきっと喜ぶさ」

うんうんとうなずきながら、剣之介は言った。

四

数日後、二十五日の朝だった。

昨夕《さくせき》から強い雨が降っていたが、幸い、今朝にはあがった。それでも、往来は雨でぬかるんでいる。

雨あがりの曇天《どんてん》模様の朝、剣之介は江戸城清水門《しみずもん》にある火盗改頭取・長谷川平蔵の役宅で、菊井左近兵衛と驚きの対面をしていた。

同心の服部慶次郎《はっとりけいじろう》と前野彦太郎《まえのひこたろう》に、菊井は捕縛《ほばく》されたのだった。

服部は三十四歳、ひょろりと痩《や》せていて、前野は二十九歳、背の低いずんぐりとした男だ。

好対照なふたりは、いまが脂《あぶら》の乗った働き盛り。歳が若いぶん、前野のほうが血気さかんだ。そして、ふたりとも、ぶっとび野郎の剣之介を煙たがっている。

取り調べの合間に、剣之介は服部と前野に、菊井のことを問いかけた。

服部が面倒くさそうに、

「盗みだ」

「だからさ、どんな盗みなんすか」

剣之介が問いを重ねる。

服部に代わって前野が、

「菊井左近兵衛という男、剣術使いでな、これがなかなかに評判がよいときておる。そんな評判を利用してだ、あちらこちらの武家屋敷に、出稽古をおこなっておった。それで昨日は……」

菊井が出向いた武家屋敷は、桃井主水介。伊勢吉が言っていた、婿養子入りを求められている武家屋敷だった。

菊井は稽古を終えると、家宝である千鳥《ちどり》の香炉《こうろ》を盗んでいったのだそうだ。香炉は、かの千利休《せんのりきゅう》が目利きしたもので、千両以上の価値があるのだとか。

「本当っすか」

無礼な調子で剣之介は問い返したが、服部も前野も慣れてしまっているため、怒る素振りも見せることなく、服部が冷めた口調で言った。

「本当だからこそ、菊井を捕縛したのだ」

桃井家から香炉が盗みだされたのだと相談を受け、怪しいと言えば菊井しかいない、と桃井家の用人・塚本貫太郎が証言した。

それにもとづいて、菊井を捕縛したのだとか。

「むろん、証言を鵜《う》呑《の》みにしてばかりではない。ちゃんと裏を取ったぞ。我ら、菊井道場に行った。いや、ひどいあばら家であった。ひと目で、菊井の困窮《こんきゅう》ぶりがあきらかとなった」

「貧しい暮らしぶりだからって、盗みを働くとはかぎらないんじゃないの」

剣之介が反論すると、

「まだある。決定的な証《あかし》がな」

むっとして服部は唇を尖らせると、前野を見た。

「香炉があったのだ。道場の床の間に」

前野の答えを聞き、

「へ〜え」

剣之介は道場の様子を思いだしつつ、

「菊井左近兵衛先生はさ、出稽古でも謝礼は受け取らないんだよ。そんな人がさ、香炉を盗むなんて信じられないっすね」

けろっと剣之介が言うと、

「訳知り顔で申すな。菊井がどんな男か知りもせんくせに。もうよい。よけいな口出しをするな！」

とうとう服部は、怒りを爆発させた。頭から湯気を立てている服部とは対照的な涼しい顔で、剣之介は返した。

「いや、おれは菊井さんのこと、よく知っているっすよ」

「出鱈目《でたらめ》を申すな」

いまや服部はつかみかからんばかりとなっており、前野も尖った目で睨《にら》んでくる。

「だって、おれ、菊井さんの道場に入門したんすから」

動ぜずに答えた剣之介に、

「よくも、口から出任せを申しおって。我らを愚弄《ぐろう》するか」

今度は前野が怒鳴った。

「本当ですって。信用ないなあ、おれって」

頭を掻《か》いて、剣之介は苦笑いをした。

こいつになにを言っても無駄だとばかりに、服部と前野は顔を見合わせると、
ふたりそろって舌打ちをし、菊井の取り調べに戻っていった。

話は終わっていない。

剣之介もついていこうとしたが、そこで表門が騒がしくなった。

「ならん、ならん。帰れ」

門番の邪険《じゃけん》な声に続いて、

「先生は盗んでなんかいませんよ。濡《ぬ》れ衣《ぎぬ》なんです！」

必死で叫《さけ》びたてる男の声が聞こえた。

伊勢吉である。

剣之介は門に向かった。

門番と揉《も》めている伊勢吉が、剣之介に気づいた。

「あれ、剣之介さん、どうしたのだ、こんなところで。あ、そうか、剣之介さんも、菊井先生の濡れ衣に文句をつけに来てくれたんだね」

伊勢吉は門番を振りきって、中に入ろうとした。門番は六尺棒《ろくしゃくぼう》で伊勢吉を押し返す。伊勢吉が、ぬかるんだ往来に転がった。

剣之介は伊勢吉に駆け寄ると、門番に自分に任せるよう告げた。門番は伊勢吉から離れた。

伊勢吉が起きあがるのを、剣之介は手伝いながら、

「おれがここにいる理由はさ、火盗改の同心だからなんだよ」

「ええ……」

伊勢吉は口をあんぐりとさせた。泥にまみれた着物も、気にならない様子である。

咄嗟《とっさ》に、剣之介と火盗改が結びつかないのだろう。それでも、剣之介は腰の十手《じって》を抜くと、

「そうか、あんた、先生を罠《わな》に陥《おとし》れようとして、道場に潜りこんだんだな」

一転して伊勢吉は、剣之介に批難の眼を向けてきた。剣之介は十手を帯に差し、笑みを浮かべて言った。

「そうじゃないよ。言っただろう、親父さんのところに借金取りに行って、伊勢吉さんがさ、菊井道場にいるって耳にしたんだって」

「ほんとかなあ」

疑念が去らない伊勢吉は、勘ぐりの目のままだ。

「まあ、立ち話もなんだ。入ったら」

剣之介は伊勢吉をともない、表門脇の番小屋に入った。中にいた下男《げなん》や中間《ちゆうげん》が、剣之介に挨拶をする。それを見て、

「剣之介さん、本当に火盗改なんだね」

あらためて伊勢吉は驚きを示した。

「話せば長くなるから、どうしておれみたいな男が火盗改同心になったのかは省《はぶ》くけど、まあ、ひとことで言えば、成りゆきでなっちゃったのさ」

剣之介は苦笑を漏《も》らした。

「剣之介さん、先生に濡れ衣を着せるなんて、ひどい真似をしないでおくれよ。剣之介さんだってわかっているだろう。先生がどんなに立派なお人なのか」

「わかっているさ。酒癖をのぞけば、本当にいい先生だよ」

剣之介らしく、無遠慮に菊井を評した。

「たしかに悪酔いはなさるけどさ、盗みなんか働かない」

伊勢吉は強く主張した。

「でも、人は見かけによらないって言うだろ？　外見より中味だとは、先生の教えだろう」

わざと剣之介は意地悪を言った。

「剣之介さん、そりゃないよ。剣之介さんだって、先生の剣の腕とお人柄に打たれて入門したんじゃないか」

「そうさ。おれだって、先生が盗んだなんて思っちゃいないよ」

「なんだ、びっくりさせないでよ」

「先生の濡れ衣を晴らすためにさ、まずは、話を聞かせてくれよ。先生は桃井って旗本屋敷に、出稽古に行ったんだろう。娘婿に望まれている旗本だよね。で、稽古を終えてから、家宝である千鳥の香炉を盗んで道場に持ち帰り、道場の床の間に飾ったって火盗改の先輩方から聞いたんだけど。本当に、床の間に飾ってあったの」

剣之介の問いかけに、

「家宝……香炉……そんな高価な香炉なんて……ああ、あれか」

やっとのことで思いだしたらしく、伊勢吉はぽんと手を叩《たた》いた。

「心当たりがあるんだ」

「あるっていっても、あれが家宝なのかなあ。先生はだいぶ酔って帰っていらしてね。それで、懐に香炉があってさ、先生が、床の間になにもないのは寂しいから飾っておきなさいって、手渡されたんだ。そんでもって、床の間に飾ったんだよ。別に、なんの変哲《へんてつ》もない香炉だよ。神田《かんだ》や上野の道具屋に行けば、十把一絡《じっぱひとから》げで売っているよ」

　きょとんとしながら、伊勢吉は答えた。

「ところがさ、桃井家の用人、塚本貫太郎さんの証言によると、家宝なんだってさ。なんでも、千利休が目利きした名物らしく、千両はくだらないそうだよ」

　剣之介の言葉に、

「そんな馬鹿な。あんな香炉が千両だなんて。一両だって買い手がつかないような代物ですって。道具屋に行きゃあ、百文も出せば大喜びで売ってくれるよ」

　自信たっぷりに、伊勢吉は反論した。

「なんだ、伊勢吉、自信ありげじゃないか」

「あたしはね、骨董の目利きとまではいきませんがね、多少はわかるんですよ。

というのはさ、親父が骨董道楽なんだ」

　思い出した。千成屋で伊平が言っていた。骨董市や親しい骨董屋で、掘りだし物を探すのが、趣味というより生き甲斐《がい》なのだとか。

「なにしろ、あたしが親父と大喧嘩したっていうのはね、お金のこともあったけど、大元は伊万里《いまりや》焼きの皿で揉めたからだよ」

　ある日、伊平が大事にしていた伊万里焼きの皿を、伊勢吉はしげしげと眺《なが》めていたのだとか。

「そうしたら、地震が起きたんだよ。あたしはふらふらっときて、転んでしまったんだ。幸い、皿は無事だったんだけどね」

　伊平は、まず皿は無事かを気にしたという。

「皿は大丈夫か、皿は……って、皿、皿、皿って、皿という言葉を三十八遍《ぺん》も言ったんだからね。そのくせ、あたしのことは全然気遣《きづか》ってくれない。怪我はないか、大丈夫かってひとこともなかったんだよ」

　菊井の濡れ衣を晴らすための聞きこみだったが、伊勢吉の父親への不満に火をつけてしまった。

「わかった。親父さんのことはいいよ」

剣之介は宥《なだ》めた。

それでも、伊勢吉は伊平への不満が去らない様子で、

「それで、ずいぶんと贋物《にせもの》をつかまされたんだけど、懲《こ》りないのが骨董道楽でね。親父がそんなふうだから、あたしも目利きとまではいかないけど、いろんな骨董品を手にとって見るようになったんだ。そりゃ、本職の目利きには遠く及ばないけどさ、先生が持ち帰ったのは、あきらかにガラクタだよ」

「ふ〜ん」

剣之介は考えこんだ。

伊勢吉の言っていることは、まんざら出鱈目とは思えない。

「あんなガラクタを盗んだからって、火盗改が目くじら立ててお縄にするようなことじゃないよ」

「それは違うぞ。たとえ、二束三文のガラクタでも、他人の持ち物を盗むのはよくない、って、おれが偉そうなことは言えないんだけどさ」

「それはわかるけど……でもね、桃井さまは、先生を娘婿にと望んでおられるんだよ。あんなガラクタを酔ってくすねたからってさ、火盗改に訴えるなんてこと、しないいんじゃないかな、普通」

伊勢吉の言葉にも一理ある。

酔った菊井は正体不明となって、香炉を盗んでしまった。桃井家では盗まれたことに気づいたとしても、まずは使いを立てて、それが事実かどうかを確かめるのではないか。

しかも使いならば、塚本貫太郎がいるではないか。塚本なら、何度も道場を訪れている。菊井に問いかけにくいとしても、伊勢吉にならば確かめられる。

確かめた結果、菊井が盗んだとわかれば、穏便《おんびん》に済ませる方法もあっただろう。泥酔《でいすい》したうえでの悪戯《いたずら》として、事をおさめられたはずだ。

火盗改に捕縛させるなど、菊井の名誉を貶《おとし》めるばかりか、罪人にしてしまうことになる。おのずと、娘婿の話は消滅する。

「ね、おかしいだろう?」

伊勢吉に問われ、

「たしかにね」

剣之介も賛同した。

五

「剣之介さん、先生の濡れ衣、晴らしてくださいよ」

あらたまった様子で、伊勢吉は頼んできた。

「わかったよ。ともかくさ、お役所ってところは融通《ゆうずう》が利かないから、時がかかるんだ。だからさ、伊勢吉さんは、いったん道場に戻ってくれよ」

剣之介に話して荒ぶった気持ちが静まったのか、伊勢吉は素直になった。

「わかった。きっとだよ。先生が無事に帰ってくるのを待っているからね」

伊勢吉は火盗改の役宅から出ていった。


菊井が取り調べを受けているところへ、剣之介が姿を見せると、

「なんだ」

服部が嫌な顔をした。それにはかまわず、剣之介は菊井に声をかける。

「先生」

「あれ……」

「門人の佐治剣之介ですよ」

「ああ、そうだ。佐治さんだ。どうしたのだ、こんなところで」

伊勢吉同様、菊井もきょとんとなった。剣之介は、自分が火盗改の同心だということを告げた。

「それはそれは……人は見かけによらぬな」

まじまじと、菊井は剣之介を見た。

「先生も、おっしゃっているじゃないですか。外見より中味だって」

剣之介が返すと、

「まさしく……これは一本取られましたな」

菊井はにこやかに微笑んだ。

「ところで先生、欲とは無縁な顔してるのに、盗みを働いたんだって？」

冗談混じりに剣之介が問いかけると、

「拙者は盗みなどしておらん……と、申したいところだが、どうも曖昧《あいまい》なのだ。その……情けないことにな、よく覚えておらぬのだ」

「酒が入っていたからかい」

「面目《めんぼく》ない」

頭を掻きながら、菊井は頭をさげた。

「酒を飲むな……なあんて、おれは口が裂けても言えないけどさ、ほどほどにね。って、説教がましくなっちゃったけどさ」

「拙者も今回ばかりは、深く反省した次第」

菊井は神妙な面持ちとなった。

服部が剣之介の介入を止めさせようとしたが、前野が制した。どうやら、菊井の取り調べが進まないため、菊井と懇意《こんい》にしている様子の剣之介に任せる気になったようだ。

「じゃあさ、頭の中は霧《きり》がかかってるのかもしれないけど、できるだけ思いだしてみてくださいよ。先生は桃井屋敷に、出稽古に行ったんだよね。それで、稽古を終えて接待されたんでしょう」

居住まいを正し、剣之介は問いかけた。

「いかにも。普段は断るところであったのだが、雨が降りだしてな、そのうえ、塚本殿が熱心に勧めてきたので、何度も道場に通ってくださるのに色好い返事をしないどころか、そのたびに邪険な扱いをしていて、拙者も気が差しておった」

菊井は答えた。

ここで服部が目を丸くし、

「なんだ、菊井、ちゃんと盗みの一件について話をするではないか」

これを前野が受けて、

「ほんとだ。我々の取り調べには、盗んでおらんとしか答えず、あとは貝になっていたっていうのに」

「そりゃさ、はなから盗んだに違いないって決めつけられていたんじゃ、誰だってしゃべるものかって頑なになるっすよ。ねえ、先生」

剣之介の言葉に、

「さよう」

菊井はうなずいた。

「ふん、勝手にしろ」

服部はそっぽを向いた。前野も渋面《じゅうめん》で黙りこむ。

「じゃあ、先生はその日にかぎって、桃井さんの屋敷で飲み食いをしたってわけですね」

「食事ということで、酒は遠慮したのだがな、塚本殿がぜひにも飲んでくれとしつこくて。塚本殿は拙者が酒好きなのを承知しておられるゆえ、気遣ってくれたのだろうがな」

　しかたなく一杯のつもりで、杯を受けたのだとか。

「ところが、一杯のつもりが二杯、三杯って飲んじゃったってことっすか。酒飲みっていうのは、本当にだらしないっすからね」

　剣之介の言葉に、菊井は恥じ入るように目を伏せた。

「それで、帰るころには、すっかり深酒してしまいましてな。あとは道場まで、どうやって帰ったのかも覚えておりませぬ。それにしても不思議なものですな。どんなに酔っておっても、正体不明になったとしても、気がつけば自分の家に帰っておるのですからな」

　ははは、と菊井は笑った。それを見て、服部と前野は渋面を深めた。

「じゃあさ、本当に香炉を盗んだかもしれないんだね」

「そう言われれば、自信がなくなってしまいますが、拙者、断じて盗んでなどおりませぬ」

　菊井は強調した。

「ふん、都合の悪いことは覚えていないって言えば、許されると思ってるのか」

　服部が菊井をなじった。

「決して、そのようなつもりではござらん」

「あんたは盗んだんだよ。床の間に飾ってあったじゃないか。それを盗んでいないでは通用しないぞ」

前野も責めたてる。

「ですが、盗んでなどおりませぬ」

ここにきても、菊井は認めない。

「ならば、どうして道場の床の間に、香炉が飾ってあったのだ」

「それは……」

「土産にもらったとでも言うのか」

服部は、せせら笑った。

「土産な……それはありえるかもしれぬ」

なんともとぼけた菊井の返答に、

「ふざけた男だ」

服部はそっぽを向いた。

ここで剣之介が口をはさんだ。

「ところで、その香炉って、どんな物なんすか。見せてくださいよ」

「それは、もう桃井家に返したよ。用人の塚本殿に渡した」

前野が答えた。

「その香炉ですけどね、そんなに高価な代物なんすか」

「申したではないか。千利休所縁《ゆかり》の香炉だと。千両はくだらぬ、それはそれは値の張る名物だとな」

苛々《いらいら》して服部は答えた。

「そんな高価な骨董だったんですか」

剣之介は、菊井に質問を向ける。

「いや、そんな高価な物には見えなかったな」

菊井が答えると、

「骨董というものは、そういうものだ。素人目《しろうとめ》にはガラクタにしか見えない茶器や皿なんかが、しっかりとした目利きにかかると、じつはとんでもない代物であったりするのだ」

もっともらしい服部の言葉を受け、

「佐治、おまえは知らないだろうから教えてやるがな、千利休が活躍していた戦国の世は、国ひとつに相当するほどの名物の茶器があったのだぞ」

前野が自慢げに言った。

「へ〜え、そいつはすごいですね」

「ま、おまえにはわからんだろうがな」

服部の言葉に前野もうなずく。

「わからないっすよ。じゃあ、服部さんも前野さんも、国より名物を選ぶんですね。おれは、絶対に国だけど」

剣之介に突っこまれると、

「ええ……まあ……それは、ひとつのたとえだ」

苦しげに前野は言いわけをした。

「それで、桃井家の香炉なんですけどね、門人の伊勢吉が見て、正真正銘《しょうしんしょうめい》のガラクタだって言ってましたよ」

「そいつに骨董がわかるのか」

「目利きまではいかないにしても、いいものと贋物の区別くらいはできるそうっすよ」

しれっと、剣之介は言った。

「あてになるもんか」

服部は、ばっさりと切り捨てた。

「それはどうかな。ともかくさ、香炉を見たいんですよ。そのうえで、菊井先生の取り調べを続けましょうよ」

剣之介は強い口調で願い出た。

「それは、まあいいが……」

勢いに押されて、服部はしぶしぶと承知してしまった。

「じゃあ、桃井さんのお屋敷に行ってきますよ。帰ってくるまで、待っていてくださいね」

「おい」

前野は不満そうだったが、

「いいだろう。どうせこのままじゃ、菊井は取り調べに応じようとせんからな」

服部は受け入れた。

「先生、待っていてくださいね」

湯屋にでも行ってくるような気安さで、剣之介は声をかけると出ていった。

火盗改の役宅を出た剣之介を、

「先生は解き放ちが決まったんでしょう」

伊勢吉が待っていた。

「お役所だから、時がかかるって言っただろう。それより、ちょうどいいや。伊勢吉さんも一緒に、桃井さんの屋敷まで行こう。香炉を見てもらいたいからさ」

剣之介の誘いを、

「もちろんですよ」

嬉々《きき》として伊勢吉は応じた。

「心強いよ」

ふたりは、桃井屋敷に向かおうとした。

すると、

「あれ……塚本さんだ」

伊勢吉が言ったように、桃井家の用人、塚本貫太郎がこちらへ歩いてくる。

六

塚本は剣之介と伊勢吉を交互に見て、

「菊井先生は……」

どちらに尋ねるでもなく語りかけた。

「取り調べの最中っすよ」

剣之介が返すと、

「塚本さん、先生が香炉を盗んだなんて嘘だろう。しかもあの香炉、ありゃあ、とんだガラクタだよ」

伊勢吉は、つかみかからんばかりの勢いで問いただした。

塚本は伊勢吉を見返すと、

「おまえの申すとおりじゃ」

と、あっさり認めた。

目をぱちくりとさせ、伊勢吉は剣之介に視線を向けた。

「塚本さん……あんた、本当のことを話しにきてくれたんだね」

剣之介に言われ、塚本は「そうじゃ」と小声で返事をした。

剣之介は伊勢吉と塚本をともない、菊井の取り調べの場に戻った。

塚本は菊井を見るなり、

「お許しくだされ」

と、両手をついた。

服部と前野は、ぽかんとしている。

菊井は静かに見返した。

「塚本さん、話してくださいよ」

剣之介にうながされ、塚本は居住まいを正し、菊井に向いた。

「先生、お嬢さまのお気持ち、おわかりでござりましょう」

「存じております。わたしを好いてくださっておること、よく存じております」

「ならば、なにゆえ、婿養子の件をお断りになられるのですか」

「それは、わたしは剣の道を究《きわ》めたいと、それゆえ……」

「まことですか」

塚本は声を荒らげた。

塚本の剣幕に、菊井は言葉を飲みこんだ。

「まことは、お嬢さまの器量がよろしくないからではござりませぬか」

「そ、そんなことは」

菊井は塚本から目をそむけた。

「不器量ゆえ、妻にはしたくない。それが本音《ほんね》でござりましょう。なるほど、お嬢さまは器量はよろしくござりませんが、それにも増して、心根の美しいお方でござります」

「それはわかっております」

「いや、わかってはおられぬ」

菊井は美人の女中とはにこやかに言葉を交わすのに、桃井の娘とはいっさい口を利こうとしない。塚本は悔《くや》しそうにそう語った。

「先生は中味より、外見にとらわれるお方。それがわかり、拙者、お嬢さまが不憫《ふびん》になりました……」

それゆえ、婿養子の一件を破談にしようと、香炉を盗んだ罪をかぶせたのだった。

「ですが、お嬢さまは先生のことを大変に心配なさったばかりか、先生が盗みなど働くはずがないと、先生のことを信じておられるのです。拙者はそれを聞き、自分の間違いを悔《く》い、こうしてまいりました」

そこで塚本はいったん言葉を切り、

「先生のことを、外見にばかりとらわれるなどと批難しながら、拙者も同じでした。先生の道場、あのひどい困窮ぶりを見て、ろくな門人はいないだろうと見くだしておったのです。ですが」

塚本は、菊井から伊勢吉に視線を移した。

次いで、

「伊勢吉殿が骨董に長けておられるとは……いやはや、決して人を見くだしてはならぬと反省した次第です」

伊勢吉にも、塚本は深々と頭をさげた。

ここまできて、菊井の身体から力が抜け、肩を落とした。

「お察しのとおりです。わたしは口先では、人は見かけによらぬとか外見よりも中味などと偉そうなことを言いながら、その実、外面ばかり気にしておりました。お嬢さまの心根もわからぬ、出来損ないでございます」

菊井は塚本に両手をついた。

服部と前野は、どうすればいいのだと戸惑っている。

剣之介が、

「盗みはなかったってことでいいっすね」

塚本は、そのとおりです、と答えた。

「先生、塚本さんを訴えるかい。盗みの濡れ衣を着せられたって」

剣之介に問われ、

「とんでもない。塚本殿には、わたしの至らない点をご教授願ったのです」

菊井は静かに答えた。


一件は落着した。

伊勢吉は勘当を解かれて、千成屋に戻った。

戻ったのは、伊平の骨董道楽を諫《いさ》めるためと、菊井左近兵衛が道場を閉じ、回国修行の旅に出たからであった。

伊勢吉によると、菊井は剣だけではなく、人としての修業を積み、許されるならば江戸に戻ったのち、桃井家に婿養子入りするつもりだとか。

そのためにも、見聞《けんぶん》を広めると、いまから意気ごんでいるのだそうだ。

第三話　桜吹雪の決闘

一

浅草《あさくさ》の風神《ふうじん》一家の二代目、唐獅子桜《からじしざくら》の正次郎《まさじろう》は、縄張りである誓願堀《せいがんぼり》を見まわっていた。

弥生《やよい》一日、桜満開、華やいだ空気が流れ、誰もが笑顔だ。シマの者たち、遊びにきた男女が楽しんでいる様を見ると、正次郎までが嬉《うれ》しくなる。

糊《のり》の利いた縞柄《しまがら》の小袖《こそで》に茶献上《ちゃけんじょう》の帯を締め、背筋をぴんと伸ばし、きびきびとした所作は、やさぐれた様子とは無縁。苦みばしった顔と相まって、侠客《きょうかく》の風格を漂わせている。

目元をゆるませながら歩いていると、あちらこちらから、親分さんとか二代目、と声がかかる。

「大事ないかい」

「困ったことがあったら言いなよ」

などと、それに返事をしながら縄張りを進む。

茶店や酒場、料理屋が軒《のき》を連ね、大道芸人たちが芸を競っている。

正次郎に気づくと、これまた、お世話になっています、と声がかかる。彼らに混じっていた子分の半次《はんじ》が、

「お疲れさまです」

と、頭をさげた。

すると、雑踏《ざっとう》のなかから甲走《かんばし》った声があがり、人々がどよめいた。

「喧嘩《けんか》ですかね」

半次が、見てきますと走りだした。正次郎は半次が戻るまで、じっと様子をうかがった。ほどなくして半次が戻ってきた。

「たいしたことございません。酔った男同士の喧嘩ですよ」

半次の報告を受け、

「このところ、喧嘩が多いな」

正次郎は危惧《きぐ》の念を示した。

「気が立った連中が多いんですよ。最近、お上《かみ》の締め付けが厳しいですからね。賭場《とば》を思うように開けなかったり、酒場が早仕舞いをさせられたりで、鬱憤《うっぷん》が溜《た》まっているんでしょう」

半次は訴えるように言った。

「お上の締め付けは、いまにはじまったことじゃねえ……まあ、そうは言っても、なにか鬱憤を晴らせるようなことを考えなきゃいけねえか」

思案しながら、正次郎は誓願堀を出た。


風神一家の屋敷は、浅草花川戸町《はなかわどちょう》にある。三百坪ほどの敷地に黒板塀《くろいたべい》をめぐらせた一軒家である。庭の桜が優美《ゆうび》に花を咲かせ、大川から渡ってくる川風に、春の温《ぬく》もりを感じる。

木戸を入り、母屋《おもや》の格子戸《こうしど》を開けた。土間が広がり、子分たちがいっせいに頭をさげる。子分のひとりが、

「根岸《ねぎし》の大親分がいらしてますよ」

と、耳打ちをした。

とりあえず、好物の大福《だいふく》をお茶と一緒に出しましたと聞き、正次郎はうなずい

て奥座敷に向かった。

「失礼いたします」

挨拶《あいさつ》をしてから中に入る。

根岸の大親分こと根岸の大吉《だいきち》は、恰幅《かっぷく》のいい身体を紬《つむぎ》の着物に包み、黒紋付《くろもんつき》を重ねていた。今年、還暦《かんれき》を迎えて、大親分の風格を漂わせてもいる。

「おお、邪魔してるぜ。二代目、すっかり、貫禄《かんろく》がついたじゃねえか」

にこやかに大吉は声をかけてきた。

大吉は根岸、谷中《やなか》、千駄木《せんだぎ》を縄張りとした大親分で、十手《じって》を預かってもいる。江戸では有数の実力者であった。

「お忙しい根岸の親分さんが、わざわざ足を運んでくださり、恐縮ですぜ。あっしのほうから、おうかがいしましたものを」

正座をして正次郎は辞《じ》を低くした。

「なに、用があるのはおれのほうだからな」

大吉は茶を飲み、添えられた好物の大福をむしゃむしゃと食べた。

「やっぱり、この大福は美味《うま》いなあ。ここへ来る楽しみだな。はははは」

陽気に大吉は言った。二重顎《にじゅうあご》が、ぶるぶると震える。

食べ終えると指を舐《な》め、

「じつはな二代目、折り入って相談があるんだ」

大吉はあらたまった。

正次郎は黙って話の続きをうながす。

「このところ、お上の締め付けが厳しい。風神一家のシマも、相当な締め付けにあっているはずだ。おれはな、こう思うんだ。これからは、根岸一家だの風神一家だのと、せせこましいことを言っている場合じゃねえってな。江戸中の博徒《ばくと》が大同団結しなけりゃいけねえんだよ。なあ風神の、そうは思わねえか」

大吉はにこやかに問いかけてきた。

「根岸の大親分らしい、大所高所に立ったお考えだと思いますが」

そうはうまくいかないだろう、と正次郎は疑念を言葉にこめた。

「わしはな、還暦だ。そろそろ、やくざ渡世《とせい》から足を洗おうと思っているんだ。年寄りの出る幕じゃねえって、引き際も考えている。それについちゃあ……ま、いいや。いきなり、こんなことを話したって戸惑うだけだろう。ましてや、賛同しろなんて無茶な話だぜ。まずは、とっくりと考えてみてくれ。ついちゃあ、今夜、ちょいと顔を貸してほしいんだがな」

「どちらへまいりましょう」

「上野の料理屋、夢乃屋《ゆめのや》へ来てくんな」

大吉は言うと、邪魔したな、と帰っていった。大吉と入れ替わりに、半次が入ってきた。

「根岸の大親分は、なんの御用でいらしたんですか」

問いかける顔には、危《あや》ぶみの色が現れている。

「近くに用があったとかで、寄ってくだすったんだ」

半次を安堵《あんど》させるため、正次郎はこともなげに答えた。

「そうですかい。とにかく、用心したほうがいいですよ。根岸の大親分、いろいろと評判のお方ですからね。『漁夫《ぎょふ》の大吉』とか『狸《たぬき》の大吉』なんて、ふたつ名があるくれえですから」

漁夫の大吉とは、漁夫の利を得た大吉を揶揄《やゆ》している。五年前、大吉は対立するふたつの組の仲裁を買って出た。ところが、ふたつの組は大吉の仲裁を無視して激しい出入りをおこない、町奉行所の介入を受けて潰《つぶ》されてしまった。その結果、ふたつの組の縄張りは、大吉が引き継ぐことになったのである。

裏で大吉が双方を焚《た》きつけていたという噂《うわさ》もあって、その老獪《ろうかい》でずる賢《がしこ》いやり口が、まるで狸のようだとも噂され、漁夫の大吉だの狸の大吉だのと、陰口《かげぐち》を叩《たた》かれている。しかし、北町奉行所の同心から十手を預けられているため、おおっぴらに批判する者はいない。

「五年前の一件ですけどね。親分のお耳にも入っていらっしゃるでしょうが、ありゃ、はなから根岸の親分が仕組んだって噂があるんですよ。仲裁を買って出て、裏にまわって双方の組の若い者を焚きつけて喧嘩させたって」

半次は渋い顔で噂をもちだした。

「噂を真《ま》に受けちゃいけねえぜ」

半次の言っていることは間違いではないと思いつつも、正次郎は戒めた。

「親分に逆らうわけじゃねえが、あっしゃ、狸の大親分は信用ならねえお方だと思いますぜ。腹黒いって言いますかね、よく言やあ、老獪ってことになるのかもしれませんが」

半次は小さくため息を吐いた。

「まあ、それだけ貫禄がおありなさるんだ」

無難なことを言う正次郎に、

「親分、十分に用心なさってくださいね」

半次は心配が去らないようだ。

「ああ、わかったぜ」

言ってから、正次郎は大吉がぶちあげた構想を思った。

いったい、なにを企てているのやら……。


その日の暮れ六つ、大吉に指定された上野《うえの》広小路《ひろこうじ》の料理屋・夢乃屋にやってきた。

女将《おかみ》から、お連れさまはすでにいらしています、と告げられた。

大吉が待つ奥座敷へと向かう。夕映えの庭は茜《あかね》に染まり、なんとも言えぬ風情《ふぜい》を漂わせている。縁側に散り落ちた桜の花弁《はなびら》を、つい避けるようにして歩いた。

「失礼さんでございます」

声をかけてから中に入る。

「おお、よく来たな」

大吉は陽気な声で出迎えた。部屋には、もうひとり男がいる。上野下谷《したや》を縄張りとしている、紅《くれない》一家の三代目・銀兵衛《ぎんべえ》だった。

銀兵衛は黒紋付を重ね、袴《はかま》を穿《は》いていた。痩《や》せぎすで細面《ほそおもて》の顔、神経質そうな

切れ長の目を正次郎に向けて、

「兄貴、ご無沙汰《ぶさた》しております」

律儀に挨拶をしてきた。

着流し姿の自分に気が差したが、いまさら着替えるわけにもいかない。

銀兵衛とは、彼が紅一家の三代目を継いだときに、大吉の取り持ちで兄弟分の杯を交わした。これまで銀兵衛は、年長の正次郎を立ててくれている。

正次郎は挨拶を返し、大吉に向き直った。すでに食膳《しょくぜん》が整えられている。

大吉の頬《ほお》が火照《ほて》っているところを見ると、酒を飲んでいるのだろう。銀兵衛の杯は伏せられ、料理にも手はつけられていない。

大吉は料理のほかに大福を小皿に置いており、ぱくつきながら酒を飲んでいた。甘いも辛いも好物とは、でっぷりと肥えた身体が物語っていた。

「まあ、駆けつけ三杯だ」

大吉の掛け声で、銀兵衛が正次郎に酌《しゃく》をした。

食膳にはおおぶりの桜鯛《さくらだい》の塩焼きが鎮座《ちんざ》し、玉子焼きや蒲鉾《かまぼこ》、鯉《こい》の洗いなどのご馳走《ちそう》が並んでいた。大吉はよく飲み、旺盛《おうせい》な食欲を示した。

ひとしきり飲み食いをしてから、大吉があらたまった。

「今日、来てもらったのはほかでもねえ。ふたりには、前もって言っておいたんだが、お上の締め付けが厳しくなった。このままじゃ、博徒、やくざはあがったりだ。十手を預かるわしが、ご政道を批判するわけじゃねえが、お上はおれたちのことを人と見ちゃいねえ。虫けらだって思っていやがる。そりゃ、おれだって、胸張ってお天道《てんと》さんの下を歩いてきたわけじゃねえ。でもな、この世には必要悪があるもんだ。世の中、きれい事だけで済むもんじゃねえぜ。おめえらも耳にしたことがあるだろう」

――白河《しらかわ》の清きに魚も棲《す》みかねて　もとの濁《にご》りの田沼《たぬま》恋しき。

「……あんまりにもきれいな池にはな、魚も住みにくいってもんだぜ」

大吉は熱弁を振るった。近頃流行《はや》りの狂歌は、老中首座で奥羽《おうう》白河藩主・松平《まつだいら》定信《さだのぶ》の政《まつりごと》の息苦しさを揶揄し、前任者の田沼意次《おきつぐ》を懐《なつ》かしんでいるのだ。

その間も、正次郎と銀兵衛は黙っている。

大吉は蒲鉾を食べ、ぐびりと杯の酒を飲み干してから、

「とはいえ、お上の意向に楯突《たてつ》いてちゃ、生き残ることができねえ。シマの賭場や女郎屋《じょろうや》が摘発《てきはつ》されるのを皮切《かわき》りに、組は潰されちまう。かと言ってよお、このままなにもしないでいても、無事じゃいられねえ。抗《あらが》わないことをいいことに、

お上は潰しにかかる。じゃあ、どうすりゃいい……松平越中守《えっちゅうのかみ》さまが亡くなるまで待つか。そんなわけにはいかねえよな。シマを守るにはな、おのおのの一家がばらばらじゃ駄目なんだよ。おれたちが、がっちりと手を組まなきゃな」

と、正次郎と銀兵衛を見た。

ふたりとも、大吉の考えをはかりかねて言葉を発しない。

このため大吉のほうから、

「紅の、どう思う」

銀兵衛は遠慮がちに、

「根岸の大親分のお考えに、逆らうもんじゃござんせん」

「風神のは」

大吉に視線を向けられ、

「あっしも、お互いが争わずってことには賛成です」

正次郎が答えると、大吉は大きくうなずいた。二重顎が際立った。

「そうだよな。それでだ、手を組むにしても、いまのままじゃなくってだな、よりはっきりと……そう、おれたちは看板をひとつにするんだ」

「って、言いますと」

不安そうに銀兵衛が尋ねる。

「おれたちの縄張りをひとつにしてだな、日輪教《にちりんきょう》に寄進するんだよ」

日輪教とは、近頃流行りだした新興宗教である。日輪に感謝しながら暮らせば、日輪の恩恵《おんけい》を受けて幸せになれる、という教えだ。

「どうだ、いい考えだろう」

大吉は杯に、蒔絵《まきえ》銚子《ちょうし》から手酌で酒を注《つ》いだ。

「シマを寄進ですか……」

銀兵衛がうつむき、

「くわしく、お聞きしましょうか」

正次郎はまっすぐ問いかけた。

二

大吉は一瞬、目元を厳しくしたが、じきに笑みを浮かべ、

「言葉足らずで申しわけねえ。日輪教のことは耳にしていると思うがな」

と、まずは日輪教について話した。

「その日輪教のご住職、日円《にちえん》さまがだ、わしの善行に感謝してくださっていなさるんだ」

日輪教に感化された大吉は、多額のお布施《ふせ》をしているのだそうだ。

「わしはな、日円さまの教えに深く感じ入ったのだ。人は、わしらのようなやくざ者でも、畏《おそ》れ多くも将軍さまでもだ、おぎゃあと産まれた日から、お天道さまの恩恵を受けて日々を送るんだ。わしらはお天道さまを拝み、お天道さまに感謝して生きていかなきゃならねえ。その教えに感激して、わしは日の出に拍手を打ち、夕日に、今日一日生きていられた感謝を捧《ささ》げているってわけだ」

そこで大吉は、ああ、いけね、と障子《しょうじ》を開けて縁側に立つと、沈みゆく夕日に深々と頭をさげた。

そして日輪への感謝の言葉を述べたててから、座敷に戻った。

床の間の前の席に、大吉がどっかと腰を据《す》えたところで、

「日輪教についてはよくわかりましたが、あっしらが日輪教に入信するってことですか」

正次郎は尋ねた。

「もちろん入信することになる。入信に際して、縄張りを寄進する。つまりだ、

わしらの縄張りは日輪教のものってことだ。日輪教に守られるんだよ」

ここで銀兵衛が不安そうな目で、

「シマはどうなるんですか。シマのみんなはどうなるんですか」

「心配いらねえ。シマはこれまでどおりでいいんだ。ただな、月に何日か施《ほどこ》しをやってもらいてえ。施したってよ、たいしたことなくていいんだぜ。粥《かゆ》の炊《た》きだしでもすりゃあ、それでいいんだ」

なんでもないことのように、大吉は言った。

「寄進するって言いますと、具体的にはどうするんですか」

正次郎が問いかける。

「それはな、寄進状を日円さまに出す……それで、シマの管理は引き続き、風神一家や紅一家がおこなう、で、月々のあがりの三割を、日円さまにおさめるということだ」

「三割ですか、そりゃ、ずいぶんと……あ、いや、文句をつけているわけじゃねえですがね」

銀兵衛が口を尖《とが》らせた。

「不満かもしれねえが、考えてみろ。このままじゃ、お上に潰されちまうんだぜ。

そうなる前にだ、わしらだって世のため人のために役に立っているってことを世に知らしめるんだよ」

大吉の演説を受け、正次郎は思案をした。

たしかに、このところの奉行所の締め付けは厳しい。老中松平定信が推進する改革によって、贅沢華美《ぜいたくかび》が取り締まられ、賭場の摘発もおこなわれている。

しかし、日輪教の傘下《さんか》に入ることで、奉行所の追及から逃《のが》れられるのだろうか、話がうますぎるのではないか。

正次郎の心中を察するように、

「わしの縄張りとふたりの縄張りをひとつにまとめて、日輪教、日輪寺の庫裏《くり》が管轄《かんかつ》する」

大吉は言った。

「親分、いま、返事をしなければいけませんか」

「いや、そんなことは言ってはいないよ。今日のところはな、わしの考えを聞いてもらうつもりで来てもらったんだからな」

さあ飲め、と大吉は手を打ち鳴らし、女中を呼んだ。

「今日はわしの驕《おご》りだ。思う存分、飲んでくれよ。ああ、それからな、檀家総代《だんかそうだい》ってのを置くんだ」

「檀家総代……」

銀兵衛が訝《いぶか》しんだ。

「そうだ。わしはな、隠居する。だから、ふたりのうちのひとりを檀家総代、つまり、縄張りの管理を任せるんだ。はっきり言えば、三つの縄張りを取り仕切る大親分というわけだ」

にんまりと笑って、大吉は正次郎と銀兵衛を見た。

銀兵衛が、いえいえ、と言いながら首を振り、

「そんな大役、あっしには荷が勝ちすぎますぜ。やはり、その任には根岸の親分さんが、いや、まだ日輪教に縄張りを寄進すると決まったわけじゃござんせんが、もしそうなったら、親分さんが」

と、言った。

大吉もそのつもりなのだろう、と正次郎は思った。

ところが、

「わしにそのつもりはない。わしはな、隠居すると言ったぞ。しかも、ただの隠居じゃねえんだ……得度《とくど》だよ」

「……ご出家なさるんですか」

銀兵衛が驚いた。

「そうだぜ。わしはな、さんざん、悪さをしてきた。だから、地獄落ちは覚悟しているよ。でな、せめてこの世に生があるかぎりは、御仏にお仕《つか》えするんだよ。幸い、日円さまが得度の儀式をおこなってくれる。だからな、銭金なんかの俗なこととは離れるんだよ」

大真面目に、大吉は言った。

「本気ですか」

にわかに信じられないようで、銀兵衛が思わず問い返した。

「仏さまに嘘《うそ》をついたらな、それこそ、地獄へ行く前に罰が当たるぜ」

がはは、と大吉が笑った。

「じゃあ、檀家総代の役目は……」

「ああ、わしはいっさい、かかわらないぞ。おまえらで、シマは仕切ってくれ。なあ、くどいが、よろしく頼むぜ」

「そうですか……」

そう言いつつ、銀兵衛は正次郎を見やった。

正次郎は表情を消して黙っている。

「ま、ここらでだ、酒を飲もうじゃねえか。騒ごうじゃねえか。出家してしまったら、酒も料理も女も、楽しみはかぎられちまうからな」

下卑《げび》た笑みを浮かべて、大吉は芸者を呼んだ。


「兄貴、ちょいと一杯やっていかねえかい。それとも、酒はもういいか」

宴席がはねてから、正次郎は銀兵衛に誘われた。

「付き合うぜ」

正次郎は銀兵衛とともに歩きだした。

銀兵衛の案内で、池之端《いけのはた》へと向かう。

「ここですぜ」

とある店の前に着くと、銀兵衛は縄暖簾《なわのれん》をくぐった。

「あっしゃ、どうも、ああいった料理屋は苦手でいけやせんや」

銀兵衛が言うと、

「おれも駄目だな。肩が凝《こ》っていけねえよ」

正次郎も応じた。

八間行灯《はちけんあんどん》に照らされた店内は、仕事帰りの大工や職人、行商人の笑顔であふれている。料理屋とは違う、ざっかけない店だ。

銀兵衛が酒と料理を頼んだ。

酒は上方からの下り酒《くだざけ》ではなく、関東の地まわりの酒だ。風味は上方の清酒《せいしゅ》に劣《おと》るが、馴染《なじ》むと癖《くせ》になる味わいで、なによりも安いのが嬉しい。

お互い手酌でいこうということになり、酒を飲むと、

「うめえや。やっぱり、こういう酒のほうがうめえや」

しみじみと銀兵衛は目を細めた。

正次郎も笑顔で返す。

しばし、飲み食いをしてから、

「ところで、根岸の大親分の考え、兄貴はどう思いました」

正次郎は銚子を置き、

「承知できねえな」

短く答えた。

「あっしも、同じですぜ。なにしろ、根岸の大親分といやあ、狸だの漁夫の利だのと言われてるお方ですよ。縄張りから手を引くなんて言葉は信用できません

や」

「そうかもな」

「おれは大親分の求めには応じねえ。おれの代で、一家を潰すわけにはいかねえよ。大親分の言い分だと、一家は縄張りごとそっくりそのまま、いわば着替えるだけみてえなことをおっしゃっているが、それじゃあ済まねえと思うぜ。なんだかんだって、大親分の手のなかに転がりこむ仕組みじゃねえのかな」

銀兵衛は強く懸念した。

「日輪教ってのが、そもそも怪しいぜ」

酔いがまわったせいか、正次郎も本音《ほんね》を漏《も》らした。

「それがね、兄貴、あっしの一家にも、入信している奴がいるんですよ。とにかく、評判ですからね。あっしゃ、信心のねえ男ですから、無関心だったんですが、そうも言ってられねえかもしれませんや」

「おれも、無信心だ。やくざ者のおれが、いまさら神さま仏さまにすがったところで、極楽へは行けねえからな。だが、こうまで評判になってくると、うちにも入信している者がいるかもしれねえな」

そこまで言って、正次郎は酒を飲んだ。

「兄貴、おれは大親分に断りを入れるつもりだ」

銀兵衛は決意を示した。

「おれも、そうするつもりだ」

正次郎も同じ気持ちだと知って、銀兵衛は安堵の表情を浮かべたが、すぐに顔を曇らせた。

「だけど……断ったら大親分のことだ、どんな嫌がらせをするかわかったもんじゃねえや」

「大親分は隠居なさるんだ。言葉を信じるなら、出家なさるんだぜ。出家の身でおおっぴらに手荒な真似はできねえよ」

「そうだといいんだが」

不安そうに、銀兵衛は猪口を口にあてた。

「まあ、そのときはそのときだ」

ふたたび正次郎は、ぐびりと酒を飲んだ。

そんな正次郎を見た銀兵衛が、ふと口元をゆるめ、

「兄貴と久しぶりに飲めて、嬉しいですよ」

「おれもだ」

正次郎も短く応じた。

三

五日の昼下がり、巷《ちまた》の評判を耳にした佐治剣之介は、山辺左衛門とともに、日輪教なるものを訪れてみることにした。

根岸の堀の畔《ほとり》に建つ日輪教は、日輪寺という建物の中にあり、特徴的なのは五輪の塔《とう》であった。それが五重の楼閣《ろうかく》なのだが、相輪《そうりん》にあたる塔の最上部が、大きな円盤《えんばん》、すなわち鍍金《めっき》された日輪で飾られているのである。いまもその円盤が、春光で輝きを放っていた。

境内《けいだい》では炊きだしがおこなわれている。

本堂の前に大きな釜《かま》が三つ用意され、粥が振る舞われていた。炊きだしにありつこうと、大勢の男女が並んでいる。炊きだしをおこなっているのは若い娘ばかりで、そのせいか、若い男の姿が大勢見受けられた。

「盛況だねえ」

剣之介は山辺に声をかけた。

「まこと」

山辺も感心したように行列を見つめた。

「日輪を拝んで幸せになれるなんて、どうも嘘っぽいよねえ」

「わしも怪しいとは思うが、実際、お天道さまを見ていると幸せな気分になるもんだぞ。少なくとも、雨や曇りの日よりは気分がいいしなあ」

山辺は空を見あげた。

「そりゃ、そうだ」

剣之介も空を見る。

霞《かすみ》がかかった青空に、塔の円盤が映えている。

あたりには、塔を見あげて手を合わせている者たちもいた。信者の間では、日輪の塔と呼ばれているそうだ。

「日円さま、ありがとうございます、日輪さま、ありがとうございます」

信者たちは住職と日輪に、感謝を捧げていた。

剣之介と山辺がやってきたのは、日輪教への興味のほか、盗人《ぬすっと》の盗品探しの目的もあった。

盗人とは、木枯《こが》らしの誠次《せいじ》。二年前に江戸市中の商家を襲い、千両箱をいくつも盗んだあと、行方をくらましていた。

ところが一年前の弥生、根津権現《ねづごんげん》の境内で、刺殺《しさつ》死体となって発見された。

誠次は行方不明となってから、一年逃げまわったあと、何者かに殺された。そして盗んだ金品は、いまだ見つけられていない。

おそらくは、殺した下手人が、誠次から盗品を奪ったのだろう。

そう睨《にら》んだ山辺は、根津権現周辺を地道に聞きこみ、誠次らしき男が根岸の大吉一家の賭場に出入りしていた事実を突き止めた。

だが、当の大吉や手下たちは、誠次など知らないの一点張り。

それが最近になり、誠次の手下であった留吉《とめきち》という男が、日輪寺で目撃されたのだ。根津権現に近い日輪寺に出入りしているのは、いかにも怪しい。

「あいつだ」

山辺は、寺男に視線を向けた。

「冴《さ》えない男だね」

剣之介が言ったように、留吉は五尺そこそこの小男。月代《さかやき》と無精髭《ぶしょうひげ》が薄っすらと伸び、口を半開きにしている。背中に日輪寺と記された半被《はっぴ》を着て、小袖を尻はしょりにし、箒《ほうき》で庭掃除をしていた。

「留吉」

山辺が声をかけると、留吉は箒を止め、口を開けたままこちらを見ていたが、

「おや、これは山辺の旦那《だんな》」

ぺこりと頭をさげた。

「こんなところで、なにをしておるのだ」

「ご覧のように、寺男をしているんですよ。まっとうに暮らしております。盗人稼業からはすっかり足を洗いましたんで、ご安心ください」

留吉は何度も頭をさげた。

「それは殊勝《しゅしょう》な心がけだが、どうして寺男などやっておるのだ」

「それがですよ、あっしゃね、すっかり日円さまにお世話になりましてね」

訥々《とつとつ》と留吉が語るところによると、ひと月ばかり前、留吉は日輪寺に盗みに入ったのだとか。

「懲《こ》りない男だな」

顔をしかめる山辺を前にして、留吉は、どうもすみません、と頭をさげた。

「なにしろ、つきに見放されましてね、三日三晩、水腹だったんですよ」

博打《ばくち》ですっからかんになり、留吉はやむにやまれず、日輪教の本堂に盗みに入

ったのだそうだ。

「しかしね、腹が減っていたのと、やきがまわっちまって、大吉大親分のところの若い衆に捕まってしまったんですよ」

留吉は本堂から数珠《じゅず》を盗んだ。値の張りそうな、瑪瑙《めのう》の数珠であった。

「大吉大親分というと、ここらを縄張りにしている狸の大吉か」

「ええ、そうなんで」

「若い衆が、この寺に出入りしておるのか」

「狸の親分は、日輪教に深く帰依《きえ》されていらっしゃるそうでしてね。そんでもって子分衆が、警護を買って出ていなさるそうなんですよ」

「で、大吉の子分に捕まって、ここで働かされているというのか」

山辺の問いかけに、

「そうじゃねえんで」

答えた留吉の目には、涙が溜まっていた。

山辺は口をつぐみ、剣之介を見た。剣之介は黙って、留吉の言葉を待った。

表情を落ち着かせた留吉は、

「子分衆に、日円さまのところに突きだされたんですよ。この野郎が数珠を盗みましたって。そうしましたらね、日円さまは子分衆に向かって、これは拙僧《せつそう》が差しあげたのです、って、そんなふうにおっしゃったんですよ」

子分たちは信じず、たしかに留吉が盗んだのだと言い張ったが、

「日円さまは、ご自分が差しあげたと静かにおっしゃって、それで、あっしに数珠をくださったばかりか、おなかが空いているんでしょうと、飯まで食わしてくださって。あっしゃね、こんなに優しくされたのは……人の情けを受けたのは初めてですよ。日円さまに土下座《どげざ》して詫《わ》びて、それで、少しでもお役に立ちたいと」

「寺男になったということか」

留吉の話に、山辺がうなずいた。

そこで剣之介が、

「あ……おれ、山辺のおっさんの同僚で、佐治剣之介っていうんだけど。まあ、よろしくね」

「ああ、こりゃ、佐治の旦那ですね」

留吉はぺこりと頭をさげた。

「日円さんってさあ、どんな素性《すじよう》の坊さんなの」

無遠慮な剣之介らしい問いかけをした。

「立派なお方ですよ」

むっとして留吉は答えた。

「立派な方はわかるけどさ、どんな素性なの、生まれとか」

「お生まれは近江《おうみ》の国だそうですよ」

「歳は」

「二十五です」

「へえ、そんなに若いんだ」

剣之介が驚くと、山辺も、若いんだな、と感心した。

「比叡山《ひえいざん》で修行、その後、日本全国をまわって修行なさり、富士《ふじ》のお山の頂《いただき》で、日輪を拝んで悟りを開かれたんですよ。なんでも、富士のお山にのぼられたのは、夢をご覧になられたからとか」

ある日、修行中に訪れた寺で宿を取り、夢を見た。それまで、数々の経典《きょうてん》、千日回峰《せんにちかいほう》などの厳しい修行もしたのだが、悟りを得られずにいた。

だが、その寺で、

「日輪が、お腹に入られた夢をご覧になったそうで」

目覚めると、日円は朝日に手を合わせた。

それから、自分たちは日輪に生かされていることに気づいたのだそうだ。

以来、日輪教を立ちあげ、旅を続けながら、辻立《つじだ》ちをして教えを広めた。

信者は雪だるま式に増えていったのだそうだ。そうして、檀家が絶えて住職もいなくなったここに、本部を置くようになったのだとか。

「へ〜え、日輪ねえ」

剣之介は言った。

「なるほどな」

山辺も感心した。

すると、本堂のほうが騒がしくなった。

「日円さまです」

留吉が両手を合わせた。

本堂の広縁に、若い僧侶が立った。すらりとした長身、役者顔負けの男ぶり、紫《むらさき》の袈裟《けさ》がよく似合い、上品さを醸《かも》しだしていた。

日円は空を見あげ合掌《がっしょう》してから、境内を見おろした。

「みなさん、日輪に感謝しましょう」

日円は言った。凛《りん》として、よく通る声音《こわね》である。

境内に集まった者たちは、両手を合わせた。いかにも涼やかな青年僧といった風情である。

「神々《こうごう》しいでしょう」

留吉の言葉に、剣之介は首をひねる。

「そうかなあ」

「どうかしたのか」

山辺の問いかけに、

「なんか、いんちきくさいよ」

剣之介が言った途端に、

「やめてください」

留吉は抗議《こうぎ》の目をした。それから、

「そんなこと、信者のみなさんに聞かれたら無事じゃ済みませんよ」

と、ささやく。

剣之介は肩をすくめた。

たしかに信者の熱狂ぶりは凄《すさ》まじい。

留吉は、止めていた掃除を再開した。

「おっさんも入信してみたらどうだい」

からかうように剣之介が言うと、山辺は顔をしかめた。

「いや、わしは檀家になっておる寺で十分だよ」

「それにしても……なんだか、怪しいなあ」

「どうした」

「おっさんだって、そう思うだろう。あんな若い坊さんがさ、こんな立派な寺を建てたんだ。きっと、表沙汰にできないことをやってるに決まっているよ」

剣之介の言葉に、

「わしもそんな気がするが、管轄外だからな」

山辺は答えた。

「寺社奉行じゃないと、管轄できないのかい。じゃあさ、寺社奉行に調べてもらったほうがいいよ」

「ただな、このように施しをやっておるだろう」

「善行をしているからって、善人とはかぎらないさ」

剣之介は苦笑を漏らした。

「そうかもしれんがな」

「見ていたらいいさ。そのうち、きっと悪さをする。いまは悪企みの最中かもしれないよ」

剣之介は、じっと日円を見つめた。

四

明くる六日、剣之介は風神一家を訪ねた。

「よお、正さん」

気さくに挨拶をすると、

「ようこそ、剣さん」

ひょんな事件がきっかけで知りあったふたりは、出会った当初から妙に馬が合い、いまや肝胆相照《かんたんあいて》らすといった仲であった。

「れっきとした旗本のご子息だったなんて思えないよなあ。どう見たって立派な親分さんだ」

剣之介が言ったように、正次郎は直参旗本・長山家《ながやまけ》の次男坊であった。秀才の兄ばかりをかわいがる父への反発から、ぐれてやくざ者になったのである。

「そういう剣さんだって、侍には見えませんぜ」

　正次郎に返され、

「違いないね」

　剣之介は笑った。

　侍からやくざになった正次郎。やくざ同然の暮らしをしていたが侍になった剣之介。正反対の生き方をしてきたが、はみだし者という共通点ゆえか、ふたりは出会ったときから馬が合った。

　茶を飲み、世間話をしてから、

「ところでさ、日輪教って知っているだろう」

　剣之介が言うや、正次郎の眉間《みけん》に深い皺《しわ》が刻まれた。

「どうしたんだい」

　その変化を、剣之介は見逃さなかった。

「いえね、ちょいと、いま厄介事があるんですよ」

　正次郎は渋面《じゅうめん》となった。

「どんなことだい」

問いかけに答えるべきか、正次郎は迷っていたようだったが、

「剣さんに隠し事はしたくねえな」

やがて、ぽつりとそう漏らした。

なにしろ、命を張ったこともあるふたりなのだ。剣之介と正次郎の間には、血よりも濃い絆《きずな》ができていると言っていい。

「じつはね、剣さんには悪いけど、このところ、お上の締め付けがきつくって、それで縄張りを守ってゆくにはどうしようかってことが問題になったのさ。そんなときに、根岸の大親分から話があったんですよ」

正次郎は、大吉の構想とそれにまつわる経緯《いきさつ》を語った。

「そうか、狸の大吉が絡んでいやがるのか」

剣之介は、先日、目《ま》のあたりにした日輪教の怪しさを語った。

「あっしもね、どうも、今回の話はうますぎるって思っているんです」

正次郎も危ぶんでいる。

「大吉が日円と結託《けったく》しているってことか」

「迂闊《うかつ》なことは言えませんがね。根岸の大親分ってお方は、とかく策士でいらっしゃいますから」

「まさに狸の大吉というわけだね」

　剣之介は笑った。

「とにかく、慎重に対応しようって思っていますぜ」

「正さんのことだからさ、迂闊な真似はしないだろうけど、くれぐれも狸には乗せられないでくれよ」

「わかってます。ただ心配なのは、紅一家の銀兵衛なんですよ」

　銀兵衛が自分の弟分であることを説明し、

「あいつは純と言いますかね、一本気なところがありますから」

「つまり、老獪な大吉にうまく利用されかねないってことだね」

　剣之介の指摘に、

「そういうこって」

　正次郎は心配を深めるように言った。

「正さんさ、兄弟分のことは心配だろうけど、ここは鬼にならないといけなくなるかもしれないよ」

「そうですかね」

「風神一家のシマを守ることが、正さんの務めなんだからさ」

剣之介の言葉に、正次郎は深くうなずいた。

「ま、そのことはいいや。おれもさ、日輪教の動きには気をつけるよ」

「すみませんね」

「なにか、おれが勝手にやっていることだから」

「なにか、とんでもねえ企てが進んでいるようで」

「そうかもしれないね」

「根岸の大親分は、出家するっておっしゃっていますがね」

「ふ～ん、狸坊主《ぼうず》か。ますます怪しいな」

剣之介は笑ったが、

「まったくですよ」

正次郎は渋面を作ったままだった。

五

剣之介が帰ってから、正次郎は上野の紅一家を訪ねた。

広小路を入った横丁のどんつきにある二階建ての一軒家が、紅一家の根城である。正次郎が木戸を入ると、子分たちがいっせいに頭をさげた。

格子戸を開け、中に入る。

「兄貴、わざわざすまねえな」

銀兵衛は、相変わらずの人の好い笑顔を向けた。

「これ、飲んでくれ」

五合徳利《ごごうとつくり》を、正次郎に示した。

「ありがたくもらうぜ。ところであの話、どうなった」

正次郎が訊《き》くと、

「兄貴んところへ案内が来なかったかい？　根岸の大親分、いよいよ得度式をおこないなさるんだとよ」

「おれんところへは来てないな……」

「なら、すぐに行くはずだぜ」

「大親分は、出家なさってもおとなしくはなさらねえだろうな」

正次郎の見立てに、銀兵衛も異議をとなえることはなかった。

「坊主になって、それでどうするんだろうな」

正次郎の懸念とも疑念とも取れる問いかけに、

「それがな……」

ここで銀兵衛は言葉を止めた。

「どうした」

正次郎の胸に暗雲が立ちこめた。

「出家したあと、大親分は、シマをおれに預けるって言いなすったんだ」

「根岸のシマをか」

「そうなんだ」

「日輪寺に寄進するんじゃなかったのかい」

「そのつもりだそうだ。が、寄進は紅一家と風神一家のシマも一緒だ。それまでの一時、おれに預かってくれってことだ」

「そうかい。それでおめえ、受けたのか」

正次郎は危ぶんだ。

「まだ、返事はしていない。兄貴の了解を得てからって思ってな」

その言い方は、銀兵衛が申し出を受ける気でいることを物語っている。

「こんなことを言うのはなんだが……檀家総代を、大親分はおれに任せたいって言っているんだ。檀家総代ってことは、大きなシマを持っているほうがいいってことなんだよ」

うつむきかげんに銀兵衛は言った。それから顔をあげ、

「おれはなあ、総代は兄貴になってもらいたいって、大親分には言ったんだ」

「なにも、おれに気遣《きづか》いすることはねえよ」

目を凝らし、正次郎は言った。

「そんなこと言わねえでくれよ。やっぱりよお、兄貴分を差し置いて、総代になんかなれねえぜ」

銀兵衛は悩ましそうだ。

案じていたとおりだ。銀兵衛は大吉に取りこまれようとしている。

正次郎は銀兵衛を、正面から見据えた。

「おめえ、シマを日輪寺に寄進する気になったのか」

「あ、いや、まだ、そうと決めたわけじゃねえがよ。それでも、いまのままじゃいけねえっていう、大親分の考えには賛同できるぜ」

しどろもどろになりながらも、銀兵衛は言った。

「日輪教を信じるのか。いや、信心するってことじゃなくってな、日円って坊主を信じるのかって訊いているんだ」

「評判はいいよな。貧しい者に施しをしてよ、なかなかできることじゃねえぜ」

「それは本心だと思うのか」

「そりゃ、偽善《ぎぜん》かもしれねえけどよ、やっていることはいいことだ。そうじゃねえかい」

　確かめるように、銀兵衛は言った。

「形はな。しかしな、そういう見せかけの善行ほど、怪しいもんだぜ。ただほど怖いものはねえって言うだろう」

　正次郎は声音を強くして諭《さと》す。

「そりゃ、そうだがよ。おれが紅一家を預かってからというもの、一家を潰すんじゃねえかって、まわりから陰口を言われてきたんだ。初代、二代目のときは、いまの倍のシマを縄張りにしていたんだってな。それが先代が病《やまい》に倒れ、おれが代貸しを勤めている間に失ってしまった。しかも、お上の締め付けが厳しいとなりゃ、一家はもたねえかもしれねえ。ところが、大親分のシマを預かれば、紅一家は、いまの五倍のシマになる。初代や先代よりも大きくなるんだぜ」

　銀兵衛の劣等感《れっとうかん》を、大吉は巧みに利用している。つくづく狸だ。

「おめえ、大親分にシマを預けられるって気になっているんだろうが、実際は取りこまれているんじゃねえのかい」

正次郎の忠告を、

「そんなことはねえ……いや、おれだって、大親分に乗せられてるのはわかっているさ。でもな、たとえそれでも、一家二百人の親分になってみてえんだ」

紅一家は三十人、根岸一家は百七十人ほどか。合わせれば、二百人を超える大所帯になるのである。博徒として生きる者ならば、そんな大親分になりたいと思うのは当然だ。

しかし、そのあとが気にかかる。

「気持ちはわかったぜ。おれは反対だが、おめえの気持ち次第だ。おれに遠慮することはねえ。ただな、くれぐれも用心しな。おれはな、日輪教に与《くみ》するつもりはねえ」

きっぱりと正次郎は言った。

「兄貴……」

銀兵衛は絶句した。

「なに、情けねえ顔をしているんだ、そんなことじゃ二百人を超す、大所帯の一家を仕切ることはできねえぞ」

正次郎は微笑《ほほえ》んだ。

六

三日後、日輪寺で大吉は得度した。

出家した大吉は、吉円《きちえん》という僧侶の名を名乗った。その日のうちに、吉円和尚《おしょう》さまと、子分ばかりか信者からも呼ばれるようになった。

「いやあ、すっきりしたな」

庫裏の書院《しょいん》に銀兵衛と正次郎を呼んだ、吉円こと大吉は、坊主頭を撫《な》でさすりながら笑みを漏らした。派手な錦《にしき》の袈裟をまとい、水晶珠《すいしょうだま》の数珠を手にしている様は、まさしく生臭《なまぐさ》坊主である。

黙っている正次郎と銀兵衛に向かって、

「どうだ、言葉どおり出家したぞ。吉円だ。いやあ、これで世俗のことはきれいさっぱり捨てて、御仏に仕える。朝な夕な日輪に感謝してな。これからは、世のため人のために、この身を捧げるつもりだぜ」

大真面目に言った。

「大親分……あ、いや、吉円さま、なんともお情け深いことでござんす」

一応の世辞を言う銀兵衛に対して、正次郎は黙ったままだ。

「それでな、縄張りの寄進の件だが……わしのシマは、銀兵衛に任せることにした」

大吉はそう宣言し、次いで、正次郎を見据えた。

「風神の、寄進のことは考えてくれたな」

「考えました」

「それでな、おめえは不満かもしれねえが、檀家総代は銀兵衛に任せようと思うんだ。こんなことを言っちゃあなんだが、根岸一家と紅一家は、合わせて二百人を超す大所帯だ。で、風神一家は……」

「あっしを入れて四十三人です。一家を率いる者としちゃあ、貫禄が違いますね」

正次郎は自嘲《じちょう》気味な笑みを浮かべた。

「そうかい、わかってくれるかい。ま、銀兵衛はおめえの弟分だ。弟分が上に立つってことに、おもしろくはないだろうが、おめえならわかってくれるはずだ。おめえは懐《ふところ》が深いからな。それを見こんで、これからは銀兵衛を助けてやってくれよ」

　機嫌よく大吉は言った。

　すると、

「申しわけねえんですが、あっしはシマを、日輪寺さんに寄進するつもりはござんせん」

　正次郎はきっぱりと断った。

　大吉は目を見開き、銀兵衛を見た。銀兵衛は口を閉ざしている。むっとしながらも、大吉は笑顔を取り繕《つくろ》い、

「なあ、風神の、そりゃ、腹ん中じゃおもしろくねえだろうけどな。ここは、こらえてくれねえか。なにも、おめえをないがしろにするつもりはないんだ。ここだけの話だが、なにも三つの一家が一緒になるだけの企てじゃないんだぜ。おれたちが一緒になって、日輪教を守りたてるのを見たら、江戸中のやくざ者、博徒どもが黙っちゃいねえよ。順調に船出すりゃあよ、仲間に加えてくれって一家は引きも切らねえさ。実際よ、うちの一家も日輪寺に縄張りを寄進させてくれって、願っている一家が次々と現れているんだ。年内には、神田川から北の一家は残らず加わるぜ。そうなりゃあよ、おめえは檀家副代ってことで、おおいに睨みを利

かせてほしいんだ。銀兵衛を助けてもらいてえんだよ」

熱をこめ、大吉は剃《そ》ったばかりの頭を光らせて語った。

今度は、銀兵衛が頭をさげた。

「兄貴、吉円さまがおっしゃったことは嘘じゃねえんだ。神田川の北の一家ばかりじゃないよ。三年のうちには、江戸中の一家が仲間に加わるんだ。そうすりゃあ、お上だって怖くねえぜ。なあ、兄貴、力を貸してくれよ」

正次郎は銀兵衛をじっと見返して、

「おめえ、頭に血がのぼっているんじゃねえのか」

乾いた口調で語りかけた。

「兄貴……」

銀兵衛は唇を嚙《か》んだ。

「正次郎、おめえ、孤立《こりつ》するぞ」

もはや、大吉は「正次郎」と呼び捨てである。

「あっしゃへそ曲がりでね、独りぼっちは慣れっこでさあ」

正次郎は不敵に微笑んだ。

「ふん、強がりか」

「そうとっていただいても、かまわねえですがね」

「でもな、おめえ自身はそれでいいだろう。だがな、子分ども、シマの連中はどうなるんだ。孤立してよお。お上はな、弱いところを攻めるもんだぜ。おめえのシマ、お上に徹底的に狙《ねら》われるぜ。些《さ》細《さい》なことで因縁《いんねん》をつけられ、あることないことで潰されるんだ。おめえの独りよがりのためにな」

胸を反らし、大吉は居丈高《いたけだか》になった。

「兄貴、考え直してくれよ」

横から銀兵衛も懇願《こんがん》する。

だが、

「お邪魔しました」

正次郎はかまわず腰を浮かそうとした。

そのとき、襖《ふすま》が開いた。

「いかかですかな」

日円が入ってきた。

正次郎は浮かした腰を落ち着けた。

「それがですね……」

ため息混じりに大吉は日円を見やり、渋い顔で正次郎を見た。日円も正次郎に視線をそそぐ。正次郎は日円を見返し、

「ご住職には申しわけねえんですが、あっしの一家は仲間には加わりません」

だが、日円は穏やかな笑みをたたえたままだ。

「そうですか、それは残念ですね」

そこで正次郎は、気にかかっていたことを尋ねてみることにした。

「ご住職、今回の一家を統合すること、狙いはなんですかね」

途端に、

「おい、無礼なことを言うんじゃねえ」

大吉が口をはさんでくる。

すると日円は穏やかな表情のまま、

「失礼ですが、あなた方やくざ者は日陰者……お天道さまをまともに見ることができない、日陰の道を歩くのが常だと耳にしました。しかし拙僧は、人は……生き物すべては、誰もが日輪の下で暮らし、日輪の恩恵を受けるべきだと思うのです。しかし世の中、そうではありません。お上や世間は、あなた方を邪険《じゃけん》にし、日陰へと追いやっているのです。日輪の差さない日陰、あるいは日輪が隠れる夜

にしか住めないのです。やくざ者だけではなく、世の日陰者と称される人々に、日輪の恩恵を差しあげたいのです」

表情同様の落ち着いた口調で、日円は語り終えた。

それを受け、大吉がうんうんとうなずく。

「どうだ、正次郎。日円さまのありがたい志がわかったか。そりゃ、おれたちやくざ者は、シマが命だ。だから、シマを命がけで守る。そしてシマを守るために、おれは日輪教に寄進し、得度した。だがな、それもこれもすべて、日円さまのこのお気持ちに惚《ほ》れたからこそなんだよ」

日円は正次郎に向いた。

「正次郎さん、一家のみなさんが、日輪の恩恵を受けられるようにしたいとは思いませんか」

正次郎はしばらく口を閉ざしていたが、

「お気持ちはありがてえんですが、あっしらはしょせん、やくざ者。一生、お天道さんをまともに見られねえ、日陰者で暮らさなきゃいけねえんだと思います」

と、静かに答えた。

「てめえ！」

すかさず大吉は怒鳴ったが、日円は言葉を荒らげたりせずに、

「わかりました」

とだけ言い、立ちあがった。

これ以上は話すこともないと、正次郎もすぐに立ち去った。


正次郎がいなくなってから、大吉は吐き捨てるように言った。

「まったく、正の奴ときたら、頭が古いと言うか、融通《ゆうずう》が利かねえと言うか……どうしようもねえな」

銀兵衛は口をつぐみ、首をひねっている。

「なんとか言えよ」

大吉に責められ、

「兄貴は、侠客として筋が通っているから、その、今回のような徒党を組むっていうのは……」

しどろもどろになって、銀兵衛は答えた。

「それが馬鹿だってことだ。このままじゃあいつ、遠からずおれたちの邪魔になるぜ」

大吉は暗く目を淀《よど》ませた。

「いや、兄貴はおれたちには、かかわらないはずです。孤高を貫《つらぬ》くお人なんですよ」

「そりゃ、じかに関係してくることはねえだろうよ。だがな、あいつは今回の企てを知ったんだ」

「お上に垂れこむんですか。それこそねえと思いますぜ」

「どうかな。いずれにしても知りすぎたんだよ、あいつは。邪魔だぜ。おれたちの企てが、おじゃんになるかもしれねえ」

大吉の考えに、銀兵衛はまたも黙りこんだ。

「おい、おめえ、男気を見せろよ」

そこで大吉が、にんまりとした。

「……それは」

恐るおそる銀兵衛は問い返す。

「みなまで言わせるなよ。出家の身じゃできねえから、おめえに言っているんじゃねえか」

猫撫で声で言い、大吉は銀兵衛の肩に手を置いた。

「おれが兄貴を……」

「おめえな、江戸一の大親分になるんだぞ。そんなおめえが、兄貴分とはいえ、始末つけられなくてどうするよ。いいか、おめえ、楽して総代になれると思うな。全部、おれがお膳立てしてやらねえといけねえのかい」

ここで大吉は、野太い声を発した。

「総代だったらな、総代にふさわしい仕事をやれよ」

そう告げられ、銀兵衛はうなだれた。

七

葉桜の時節となった十日の昼下がり、剣之介と山辺は、ふたたび日輪寺を訪れた。

「盗人、木枯らしの誠次の手下が、根岸一家に潜りこんでいるようだぞ」

山辺の言葉に、剣之介は首をひねった。

「そいつはどうなのかな」

「疑うのか？　わしは寺男の留吉を、もう一度問いつめようと思う」

「わかったっすよ」

剣之介も了解をして、山辺は留吉を呼んだ。

「なあ、留吉よ」

「旦那、なんです」

「おめえ、木枯らしの誠次のことは、もちろん知っているな」

「ええ、昔の頭《かしら》でしたからね」

不審そうに、留吉はうなずいた。

「誠次の亡骸《なきがら》は、一年前に根岸の一本杉で見つかった」

「そうでしたね」

留吉は顔をそむけた。

「殺されるまでの間、誠次は、いったいどこへ姿をくらましていたんだろうな」

「さてね、あっしにはわかりませんよ。なにしろ、下《した》っ端《ぱ》でしたんでね」

横を向いたまま、留吉は答えた。

「木枯らしの誠次は、六尺にあまる大男。おまけに頬には刀傷《かたなきず》、とかく目立つ奴だった。そんな誠次が、行方をぷっつりと消したっていうことはだ、ひょっとして誰かにかくまわれていたんじゃないか」

山辺は追及を止めない。

「そんなこと、あっしに聞かれましても、答えようがありませんや」

あくまで白を切る留吉の肩を、山辺は両手でつかみ、自分に向かせた。

「おまえ、日輪教に盗みに入ったって言ったが、なにを盗もうとしたんだ」

「なにをって、そりゃだから金目の物ですよ。腹ぺこで動けないくらいだったんですからね。金目の物がねえかって。なんでもよかったんですよ」

留吉は、山辺の目を見ようとしない。

「そうかな。おまえ、わしに嘘をつくか」

山辺は留吉の肩を揺さぶった。

「嘘なんかついていませんよ」

留吉の声がしぼむ。

「本当は、誠次が盗んだ千両箱や盗品を見つけようとしたんじゃないのか」

「そんなことはねえよ」

強い力で、留吉は山辺の手を振りほどいた。

「嘘つけ！」

山辺が怒鳴りつけると、たまらず留吉は走り去ろうとした。咄嗟《とっさ》に、剣之介は

前に立ちふさがり、

「お宝を探してたんだろう」

「知らねえよ。おれはな、金具を盗んだんだ！」

留吉はわめきたてた。

剣之介は、にやっとして、

「あれ、金具だっけ？　盗んだのは瑪瑙の数珠って言ってなかったっけ」

「そうだ、数珠と申したぞ」

山辺も責める。

「……あ、そうだ。数珠でしたよ。瑪瑙の」

「そうだ。瑪瑙だ。ところで、誠次は瑪瑙を大量に盗んだな。そのことを、おまえは知っていた。だから、数珠を見て、ここに誠次の盗品が隠されていると思ったのではないのか」

「そりゃ……」

山辺の問いかけに、留吉は口を詰まらせた。

剣之介が心もち優しげな声音で、

「ちゃんと話してくれたらさ、このまま見逃すよ。じゃなきゃ、火盗改で話を訊くとになるっすよ」

「そうだぞ、火盗改の役宅に引っ張る」

山辺も言葉を添える。

「火盗改の拷問《ごうもん》は、そりゃもう怖いよお。この山辺さんはね、鬼の山辺って、火盗改のなかでも拷問の凄まじさたるや、右に出る者がいないって評判だ。地獄の鬼も、山辺さんにかかったら洗いざらい白状しちまうって、そりゃあ評判のご仁《じん》なんだぜ。あんた、耐えられるかな」

にやにやと嬉しそうな顔で、剣之介が脅《おど》す。

「わ……わかったよ」

留吉は、誠次の盗品を探して日輪教に探りに入ったことを認めた。

「誠次は大吉にかくまわれていたんだな」

山辺が問うと、観念したのか留吉は素直にうなずいた。

「あっしはそう睨んでいるよ。狸の大吉は誠次親分を殺して、財宝を奪ったって思ったんだ」

「誠次の亡骸が見つかったのは一年前。それから、日輪教はここに本部をかまえるようになった。そうだな」

山辺の問いを、留吉は否定しなかった。

「そうか、大吉の奴、誠次の財宝を奪ったんだな。それで、日円と組んで日輪教なんていう、まやかしをぶちあげた」

おのれの推量に興奮してくる山辺を尻目に、

「もう、いいでしょう。それ以上のことは、本当にわからないんですから」

勘弁してくださいい、と留吉は頭をさげた。

「わかった、すまなかったな」

山辺らしい、ねぎらいの言葉をかけた。


翌日も、剣之介と山辺は日輪教へとやってきた。

「まったく、なってないよな」

この日の山辺は、最初から憤慨《ふんがい》している。

「なんだよ、いきりたって。おっさんらしくないぞ」

普段と違って、剣之介が宥《なだ》め役となっていた。

「これが怒らずにおれるものか。木枯らしの誠次の盗品が隠されているかもしれないというのに、日輪教本部や大吉一家の家捜しが許されないとはな。大吉も出家した以上は坊主だと？　ふん、笑わせる。寺社方の許しがおりないとは、納得がいかぬ」

珍しく上への不満を並べる山辺に、剣之介は同調した。

「だからさ、お上のやり方っていうのは、万事《ばんじ》ぬるいんだよ」

「まったくだ」

「それならさ、おれたちで忍びこんで、財宝を見つけりゃいいんじゃないの」

剣之介の言葉に、

「おお、そうしよう」

山辺はすっかりその気になった。

「じゃあ、やっぱり留吉の協力を求めるのがいいよ」

「たしかにな。ええと、肝心の留吉は……」

と、境内を探した。

しかし、留吉の姿はない。山辺は小坊主に留吉の所在を確かめたが、今朝から見ていないということだ。

「おかしいな」

山辺は、きょろきょろと境内を探し求める。

すると、

「みなさん、日輪を拝んでくださいよ」

と、吉円こと大吉が姿を見せ、こちらのほうに近寄ってきた。

剣之介と山辺に気づくと、一礼してそのまま去ろうとする。

「大吉さんよ」

剣之介は引き止めた。

「ああ、これは何用ですかな。拙僧の俗世の名を呼ぶとは」

ぬけぬけと大吉は言った。

「留吉はどこへ行ったの」

剣之介が問いかけると、

「留吉ですか……あの男にも困ったものですな。まこと、性根の腐《くさ》った男でござります。日輪を拝めない男ですよ」

もっともらしい顔で、大吉は言う。

「だから、どうしたのさ」

「出ていきました。いや、出ていかせました」

「どうして」

剣之介と山辺は、同時に問いかけた。

「あいつは、昨晩も盗みを働いたのですよ。まこと性懲りもなく、日円さまが寛大なお心で一度はお許しになられたというのに、その恩も忘れて」

「盗みの現場を見つけたっていうの」

「ええ。檀家のみなさんが見つけたのですよ」

「夜中にも檀家がいるの」

「夜まわりなどしてもらっています」

「あんたの子分ってことだろう」

剣之介の嘲笑混じりの問いかけに、

「まあ、ひらたく言えば」

大吉は動じず穏やかに返した。

「それで、子分に盗みを見つかって、留吉は出ていったのかい」

「日円さまは、またも許そうとなさった。更生《こうせい》させられなかったのは、ご自分のせいだとすらおっしゃったんですよ。仏の顔も三度までってことでしたがね、それじゃあ駄目だって、わしがきつく留吉を叱責《しっせき》しました」

そうしたら留吉は今朝早く、出ていったのだとか。

「これですな」

一通の書付を、大吉は示した。

そこには汚い字で、お世話になりました、申しわけございませんでした、と記されてあった。

「わかりましたかな」

僧侶の口ぶりを真似て、大吉は去っていった。

「なんとも臭うな。留吉の奴、誠次の手下だと大吉に感づかれたんじゃないか」

山辺が言うと、

「ぷんぷんだね。いまごろ留吉は……」

口封じをされたんだろうという剣之介の考えに、山辺も同意するように何度もうなずいた。

「こうなったら、今日、日輪教を探るぞ」

ますます山辺は燃えてきたようだ。

「わかったよ。だけどさ、その仕事、おっさんはやらないほうがいいよ」

「どうしてだ」

「だって近頃さ、腰痛がぶり返したって言っていたじゃないか」

「そんなこと、おまえには関係ない。年寄り扱いするな」

むきになって山辺は言い募る。

「無理しなさんなって」

剣之介が言い、山辺がなおも抗おうとしたところへ、鞠《まり》が転がってきた。

山辺は反射的に鞠を拾おうと屈《かが》んだ。ところが、無理に腰をひねったため、

「あ、痛！」

と、顔を歪《ゆが》めた。

「あ〜あ、おっさん、大丈夫かい」

「大丈夫……」

言った途端に顔をしかめ、腰に手をあてた。

「おれに任せなよ」

あらためて剣之介が言うと、

「馬鹿……わしだって……ああ、い、痛っ、わかった、しっかりやれ」

しぶしぶ山辺は承諾した。

八

その日の夕暮れ、正次郎は銀兵衛に呼びだされた。

場所は日輪教の境内の奥まった場所。今日は炊きだしがおこなわれてないので、ほとんど人の姿はない。

昼から空模様が怪しくなり、暗い雲が空に覆《おお》いかぶさっている。

これから起きる出来事を物語っているようで、正次郎は気が重い。湿っぽい風が身体にまとわりつき、早くこの場を去りたかった。

「なあ、兄貴、気持ちは変わることはねえか」

最初から銀兵衛は、なにやら悲しげである。

「変わらないさ」

静かに正次郎は告げた。

「兄貴……残念だよ」

銀兵衛は、懐に呑《の》んだ匕首《あいくち》を取りだした。

「根岸の大親分に言われたんだな。やめとけ」

正次郎は諭《さと》したが
「すまねえ」

銀兵衛は匕首の柄《つか》を強く握った。対して正次郎は丸腰である。

「おめえ、わからねえのかい。根岸の大吉に利用されているってこと。利を得るのはあいつだ。檀家総代なんて祭りあげられたってな、あいつが利を吸いあげるって仕組みになっているんだぜ」

「だとしてもな、もう、おれは後戻りはできねえんだよ！」

銀兵衛は悲痛な声を発した。

「いまからでも遅くねえ」

「駄目だ。おれはな、シマを日輪寺に寄進するって、署名しちまったんだ」

「わかった。それなら、おれが一緒に行ってやる。日円のところでも吉円こと大吉のところでも。掛けあって、返してもらう」

正次郎の申し出を、

「そんなことできねえよ。大親分が応じるはずはねえし、おれだって、やっぱり返してくださいなんて、みっともねえことできやしねえ」

「おれも一緒に頭をさげてやるぜ」

「兄貴、できねえよ。これ以上、兄貴には面倒はかけられねえ」

「できねえって……おめえ、自分の見栄ばっかり考えていねえで、一家のこと、シマのことをよく考えてみろ」

「…………」

銀兵衛はうつむいた。

「さあ、善は急げだ。早いとこ行くぜ」

「すまねえ」

ここにきて、銀兵衛は匕首を鞘《さや》におさめ、正次郎に深々と腰を折った。

そのとき、

「ふん、情けねえ野郎だな」

暗がりから、大吉の声が聞こえた。

「……大親分、おれ、やっぱり総代を辞めさせてもらうぜ」

必死の思いで、銀兵衛は申し出た。

「だらしのねえ野郎だ。いいだろう、おめえは総代を辞めろ」

そう吐き捨てるように、大吉は命じた。

「なら、そうさせてもらうぜ。証文を返してもらおうか」

「それはできねえな」

当然のように、大吉は突っぱねる。

「いや、それは……」

銀兵衛は、つかつかと大吉のほうへ歩み寄ると、

「頼む。返してくだせえ」

深々と頭をさげた。

「おめえみてえな馬鹿はいねえぜ。もう、いいや。せめて兄貴分と仲良く、あの世に旅立つんだな」

大吉は冷然と言い放った。

すると、子分たちがぞろぞろと姿を現した。手に長ドスや匕首を持っている。

「汚えぜ」

銀兵衛は吐き捨てた。

一方の正次郎は、なかば予想していたかのように、呆《あき》れた様子だ。

「とうとう、尻尾《しっぽ》を出しやがったな」

「つべこべ抜かすんじゃねえ。おめえらやっちまいな」

大吉が命令すると、子分たちはふたりに殺到した。

「兄貴、ここはおれに任せてくんな」

銀兵衛はふたたび匕首を抜き、子分たちと対した。

「馬鹿、ひとまず逃げるんだ」

正次郎は強く言うと、銀兵衛と背中合わせになった。

と、銀兵衛は大吉目がけて、いきなり突っこんでいった。

「早まるんじゃねえ」

正次郎が止めたときはすでに遅く、大吉の周辺には大勢の子分たちがひしめき、銀兵衛を背後から襲った。

「銀兵衛……」

正次郎が声をかけたときには、銀兵衛は刃の餌食《えじき》になっていた。

「兄貴、すまねえ」

それが、全身を切り刻まれた銀兵衛との、別れの言葉となった。

「よくも」

正次郎は怒りで唇を震わせた。

「ちょうどいいぜ、邪魔者が一度に片づくってもんだ。おめえが銀兵衛を殺したってことにしてやるぜ」

大吉は笑い声をあげると、さらに子分たちをけしかけた。

子分たちは刃物を持って、正次郎を囲む。

「おめえら……」

正次郎が歯軋《はぎし》りをした。

「もう終わりだ。観念しな」

嘲《あざけ》るように大吉は言い、子分たちがひたひたと正次郎に迫っていった。


時を同じくして、剣之介はひとり、日輪寺へとやってきた。

すると、境内の奥のほうから、男たちの怒声《どせい》が聞こえてきた。近づくと、なにやら人の群れも見える。

「やっちまえ」

大吉の声だ。

「正さん」

剣之介は正次郎の危機を知り、すぐさま敵のほうに向かった。黒紋付の真っ赤な裏地がひるがえり、小袖の裾《すそ》がまくれあがって緋襦袢《ひじゅばん》が躍った。

剣之介は長ドスを、鞘ごと抜いた。

「なんだ、てめえ！」

突如現れた邪魔者に、大吉は怒声を浴びせた。

「忘れたんすか。おれは火盗改の佐治剣之介っすよ。それより、吉円さん。あんた、坊さんなんだからさ、そんなやくざみたいな口を利いちゃいけないっすよ」

からかうようような口調で、剣之介は言った。

「ふざけた野郎だ。火盗改だろうが怖くねえぜ。やっちまえ」

「よし、正さん、やってやろうぜ」

正次郎が丸腰だと気づき、剣之介は長ドスを抜くと、正次郎に投げた。

「すまねえ」

正次郎は、しっかりと受け止める。

剣之介は朱鞘《しゆざや》の下げ緒を解いた。次いで下げ緒で鞘をぐるぐるとまわす。

「死んでもらうぜ」

正次郎は長ドスを右手だけで持ち、敵に躍りこんだ。苦みばしった顔が鬼の形相《ぎようそう》と化し、長ドスは身体の一部のように馴染んでいる。

あまりの迫力に、敵は浮き足立った。

腰が引けた敵に、正次郎は容赦なく白刃《はくじん》を振るう。悲鳴と血飛沫《ちしぶき》があがり、敵は地べたに転がる。地べたをのたうつ敵たちを踏みつけ、正次郎はさらに長ドスで斬《き》りつける。数にものを言わせた敵たちも、木っ端微塵《こっぱみじん》に粉砕《ふんさい》されてゆく。

剣之介はぶんぶんと鞘をまわしながら集団に迫り、手あたり次第に鞘で殴りつける。鉛《なまり》が仕込まれた鞘は強烈な凶器となり、敵の頬骨、鼻、鎖骨《さこつ》、あばらを砕いてゆく。

「なにやってやがんだ。相手はたったふたりじゃねえか。まわりから包みこめ」

大吉が子分を叱咤《しった》する。

子分たちはふた手に分かれ、剣之介と正次郎を囲んだ。

だが剣之介は鞘を振りまわし、いち早く敵の輪を破った。

正次郎も正面の敵に、長ドスで斬りかかる。

瞬《またた》く間に、敵は算を乱した。

正次郎に迫られ、浮き足立つあまり足をもつれさせ、転倒する敵が続出した。

正次郎はかまわず、彼らをまたいで大吉に向かっていった。

すると、転倒していた敵ふたりが、正次郎の足にすがりついた。

「放しやがれ！」

正次郎は足を払った。

しかし、子分たちはしがみついたままだ。正次郎の視線が、大吉から足元に向けられ、ばたばたと足を動かす。

その隙《すき》に、大吉は長ドスを手に、正次郎の背後にまわった。

そのまま正次郎の背中に振りおろそう、と近づいてゆく。


剣之介も次々と敵を倒し、大吉を追い求めた。

すると、大吉の大きな坊主頭が動きだした。視線を追うと、正次郎の足がやくざ者に絡まれ、必死にもがいている。

その背中に、大吉が長ドスで斬りかかろうとした。

咄嗟に、剣之介は鞘を投げた。

鞘は矢のように飛び、大吉の後頭部を直撃した。大吉は大きくよろめいたが、その弾みで長ドスを振りおろされた。

ドスの切っ先が、正次郎の小袖を切り裂いた。

小袖の背中が、ぱっくりとふたつに割れる。

彫《ほ》り物が現れた。桜吹雪《さくらふぶき》のなか、唐獅子《からじし》が吼《ほ》えている。葉桜の時節、満開の桜が咲き誇《ほこ》った。

「てめえ！」

振り返った正次郎は、唐獅子の咆哮《ほうこう》をあげ、長ドスで大吉の首を斬りつけた。

坊主頭の大吉の首が、ごろんと子分たちの足元に転がった。

「ひええ！」

子分たちは我先にと逃げていった。

まわりから敵がいなくなり、正次郎は銀兵衛の亡骸の横に屈んだ。

「銀よ、あとのことは心配せず、眠ってくんな」

唇を嚙みしめ、正次郎はすっくと立ちあがった。

夕陽差す正次郎の顔は、ほっとした安堵に包まれていた。

第四話　幻の極楽

一

卯月《うづき》五日、若葉が燃えたつような時節となった。

依然として、日輪教は信徒《しんと》を着々と増やしていた。

日輪教を騙《かた》り、私腹を肥やしたとして、日円は根岸の大吉を破門《はもん》した。

そして、大吉は紅の銀兵衛と縄張りをめぐる争いで喧嘩沙汰《けんかざた》となり、双方で死者が出る騒ぎが起きた……。

正次郎と剣之介が巻きこまれた死闘《しとう》は、おおやけにされたとき、このような一連の出来事として処理された。

「破門などと言いながら、大吉にすべての罪をおっかぶせてしまったんじゃないのか。お天道《てんと》さまに感謝しろ、などともっともらしい教えを説きながら、汚い裏の部分は闇《やみ》に葬《ほうむ》るとは……寺社奉行さまも寺社奉行さまだ。ろくに調べずに、日円の言い分を鵜呑《うの》みになさるとは」

山辺左衛門は酔いに任せ、日円や寺社奉行を批判した。

上野広小路の横丁を入った縄暖簾《なわのれん》、山辺好みのざっかけない店である。ざわざわとした店内で、山辺はかなりの酒を飲んでいた。

小机で剣之介と向かいあい、腰掛け代わりの酒樽《さかだる》からずり落ちそうになりながら、不満を並べていた。

「おっさん、熱くなってるねえ」

剣之介はからかいの言葉を投げる。

「からかうな。わしは大真面目だぞ、このぶっとび野郎が……。ぶっとびならぶっとびらしく、このままおとなしくしているな。間違った教えとお裁きに、立ち向かえ！」

山辺は悪酔いしている。

「まあまあ、悔《くや》しいのはおれだって同じっすよ。なら、これから日輪寺に、殴りこみをかけましょうか」

腰をあげた剣之介を、山辺は酔眼《すいがん》で見あげる。

「いまなら、炊きだしも終わっていますよ。根岸一家と紅一家の残党がいるでしょうけど、蹴散《けち》らしゃいいでしょう。おっさん、鬱憤《うっぷん》晴らしに暴れまわりましょうよ」

剣之介ならば、本当に殴りこみをかけかねないとあって、山辺が少しだけ正気を取り戻した。

「悪かった。言いすぎたな。まあ、落ち着こう」

剣之介は酒樽に座り直した。

そこで山辺は、声の調子を落として言った。

「日輪寺は、木枯らしの誠次が盗んだ金で建立《こんりゅう》したに違いない」

「そうかもしれないけどさ、日円は信者のみなさんのお布施《ふせ》だって言っているし、寺社奉行の本間《ほんま》出雲守《いずものかみ》も日円の言い分を受け入れているからねえ」

「日円は出鱈目《でたらめ》を申したてているんだ。坊主《ぼうず》のくせして、嘘《うそ》もたいがいにせいと言いたいぞ」

「おっさん、おれだっておさまらないぜ」

「留吉の奴もなあ……」

猪口《ちょこ》を口にあてたまま、山辺は嘆《なげ》いた。

留吉は行方不明になってから二日後、大川にぽっくりと浮かんだ。めった刺しにされていた。

探索にあたった北町奉行所は、根岸の大吉の手下による犯行と見たが、下手人の特定には至っていない。根岸一家は頭《かしら》の大吉が死んだため、子分たちは、日輪教の信者として無償奉仕《むしようほうし》をする者、行方をくらませた者に分かれているそうだ。そして肝心の大吉のシマと紅一家のシマは、日輪教の所有地となったままだ。

「日円って坊主、相当にしたたかだよ、だからさ、まずはあいつのことを調べあげなきゃいけない。あいつがどうやってのしあがってきたのか、知りたいね」

冷静になって剣之介は言った。

「本人によると、近江に生まれて比叡山で修行し、富士のお山にのぼって日輪のお導きを受けたということだがな……いかにも嘘くさいのう」

山辺は失笑した。

「日円の背後関係を探るべきだと思うね。根岸の大吉なんてやくざ者は、手駒《てごま》のひとつに過ぎないだろうさ」

「探索をしたいが、今回の騒動は火盗改の領分ではないと、寺社方が直々《じきじき》に取り調べをおこなったが、結果として日円にはなんのお咎《とが》めもない」

ふたたび寺社奉行・本間出雲守を批判しかけて、山辺は口を閉ざした。

「取り調べにあたったのは……」

剣之介が問いかけると、

「それがな、本間出雲守さまご自身がなされたそうじゃ」

「その本間って、どこの大名なんすか」

「本間家はな……たしか近江水口《みなくち》五万石じゃな。出雲守さまは、諱《いみな》が元忠《もとただ》さま。奏者番《そうじゃばん》を務められ、二年前から寺社奉行を兼ねておられる。将来には、大坂城代《おおさかじょうだい》、京都所司代《きょうとしょしだい》を歴任なさり、ご老中に成られるはずじゃ」

「近江水口か……」

「同じ近江だ。日円と深い関係があるのかもしれんぞ」

「寺社奉行が後ろ盾《うしろだて》ということなら、これほど心強いものはないね」

剣之介の言葉に、

「もしそうなら、本間さまもどうかなされてるぞ……」

山辺は悔しそうに顔を歪《ゆが》めた。

「おっさん、そうと決めつけないほうがいいよ。まずはじっくり寺社奉行のことも調べようよ」

いつもならば、剣之介のほうが諫《いさ》められるのだが、今夜は逆だ。

「しかし、どうすればよいかのう。日円だけでなく、寺社奉行を調べるとなると……」

「まずは、外堀《そとぼり》を埋《う》めなきゃね。つまりさ、日輪教の不正を調べあげ、それを本間以外の寺社奉行に提示するんだ。本間に握り潰《つぶ》されないようにね」

「そうだな」

山辺は酒の追加を頼んだ。

「あ、そうだ。ここは、紅一家のシマだったたんじゃないかな」

剣之介は言ったが、酒が気になるのか、山辺は生返事をするばかりだ。そこへ、酒の追加が運ばれてきた。山辺は相好《そうごう》を崩して受け取る。

剣之介は主人を引き止め、

「ここはさ、紅一家のシマだったたんでしょう」

「ええ、さようでございますよ」

主人は愛想笑いとともに答えた。

「いまは日輪教の所領なんだろう。以前と比べて、商《あきな》いはやりやすいかい」

剣之介の問いかけに、主人はどうやって答えればいいのか逡巡《しゅんじゅん》している。

「ショバ代がなくなったんでしょう」

「さようでございます」

主人はうなずく。

「じゃあさ、たとえば、揉《も》め事なんかあったらどうするの。喧嘩とかやくざ者が言いがかりをつけてきたら、守ってもらえるんすか」

問いかけた途端に、

「親父！　なんだ、この酒はよお！」

酔っ払いが怒声《どせい》を放った。

酒を運んだ女中が怯《おび》えて、

「す、すみません」

と、何度も頭をさげる。

主人が酔っ払いの相手になった。

山辺が立ちあがって、酔っ払いに向かおうとした。それを、

「待って」

と、剣之介は引き止めた。

山辺が戸惑いの目を向けてくる。

「様子を見よう」

小声で剣之介は告げ、山辺は浮かした腰を落ち着けた。

「なにか粗相《そそう》がございましたか」

主人が対応すると、

「これを見ろ」

男は猪口を主人に向けた。主人が覗《のぞ》きこむと、

「蝿《はえ》が入っているんだよ。よくも、こんなもんで酒を飲ませてくれたな。危《あや》うく蝿を飲みこむところだったんだぜ」

男は言いがかりをつけた。

「そんなはずはございません。なにかの間違いでございましょう。蝿など見落とすことはございませんので」

弁解しつつも、主人は丁寧《ていねい》に詫《わ》びた。女中も、蝿は入っていませんでした、と言い添えた。

「だったら、これはなんだよ。蝿じゃなかったら、佃煮《つくだに》とでもぬかすのかい。だったら、おめえ、食べてみろってんだ」

居丈高《いたけだか》になって、男は怒鳴りつけた。

耐えきれなくなったのか、女中が店を飛びだした。

「どうなんだよ」

なおも男は主人に迫る。

店内の客は口を閉ざすか、小声になった。みな、かかわることを避けている。

「性質《たち》の悪い奴だな。わしが……」

やっぱり行ってくる、と山辺は立ちあがったが、

「まあまあ、ここは我慢して」

剣之介に強く制され、しぶしぶ腰をおろした。

「なんとか言えよ」

とうとう、男が主人の襟首《えりくび》をつかんだ。

主人はうめき声をあげるものの、言葉を発しない。

「てめえ、舐《な》めやがって」

男がひときわ大きな声を発したとき、引き戸が乱暴に開いた。女中が戻ってきて、しかも、ふたりの男を連れている。

ふたりはいずれも、日輪寺の半被《はっぴ》を重ねていた。

「表へ出な」

つかつかと歩み寄ると、ふたりの片方が男の腕をつかんだ。

「な、なんでえ」

男は目をむいて抗《あらが》ったが、強引に店の外へ引きずりだされていった。

「親父さん、飲み食いはいくらだった」

残ったひとりが問いかけると、

「八十文ほどで」

おずおずと主人は答えた。

それを聞き、もうひとりも外に出る。

剣之介は山辺に目配せをして、目立たぬよう席を立って外に出た。

「てめえ、ここはな、日輪寺のお抱《かか》え地《ち》なんだよ。それを妙なあやをつけやがって」

外で法被のふたり組は酔っ払い男を殴り倒し、さんざん足蹴《あしげ》にしていた。

「勘弁してくだせえ」

男は悲鳴をあげる。

「銭を払いな」

言われるままに、男は巾着《きんちゃく》を取りだした。法被の男は巾着を奪い取り、ごそごそと手探りをして、銭を取った。二百文ほどか。

「そりゃ、殺生だぜ」

せめて飲み食いの八十文だけにしてくだせえ、と訴えたが、

「うるせえ、迷惑料だよ」

ひとりが空の巾着を酔っ払い男に投げつけ、おまけだと言って、男の顔面を蹴りあげた。さらにもうひとりが天水桶《てんすいおけ》の水を桶に汲《く》み、

「二度と来るんじゃねえぞ」

と、浴びせた。

そのまま上前《うわまえ》をはねるのかと思いきや、店に戻ると、主人に受け取った二百文を渡した。

「八十文でよろしいのですが」

遠慮する主人に、

「迷惑料ですぜ。遠慮するこたあねえですよ」

ふたり組は笑顔で渡すと、にこにこと笑いながら店を出ていった。

「なるほどね」

一部始終を遠巻きに見ていた剣之介は、席に戻って首をすくめた。

「紅一家に代わって、日輪寺がシマを守っておるのだな」

いかにも胡散《うさん》くさそうに、山辺が言った。

二

風神一家では、正次郎が子分の半次と話をしていた。

根岸の大吉殺害の一件は、自分の命を守るためのこととして、罪に問われなかった。そもそも、大吉が争ったのは銀兵衛とされ、正次郎や剣之介のおこなったことは、うやむやにされている。

それはそれで面倒がなくていいのだが、状況はかならずしも、風神一家に有利には動いていない。

「親分、シマの連中なんですがね。どうも不満が高まっているようなんです」

半次は言った。

「お上の締め付けが厳しくなったからか」

正次郎は、小さくため息を吐いた。

根岸一家と紅一家の縄張りが日輪寺の所領になったため、南北町奉行所は、手出しができなくなった。その代わりと言ってはなんだが、風神一家の縄張りの摘発《てきはつ》に力を入れているようだ。

　正次郎は、子分たちが無駄な反発をしないよう目配りをしている。

「お上も厄介なんですがね、シマの連中のなかには、ショバ代をしぶる者さえ出てきました」

「町奉行所の役人から、ショバ代なんか払うなって言われているのかい」

「それもありますがね、それよりは、日輪寺のせいかと思いやす。いまや紅一家と根岸一家のシマだったところは、ショバ代がいらなくなったんですよ」

　半次は、困ったもんだと顔をしかめた。

「なるほど、日輪寺は、やくざじゃねえんだから、ショバ代は取らないだろう。だが世の中、ただほど怖いもんはねえ。ショバ代に代わって、なにか求められているんじゃねえのかい」

　正次郎は眉《まゆ》をひそめた。

「それがですよ……」

　ここで半次は言葉を止め、

「おい、入りな」

と、襖《ふすま》に声をかけた。

襖が開き、ひとりの男が廊下で正座をしていた。

「親分、ご無沙汰をしておりやす」

男は挨拶《あいさつ》をした。

「おお、弥太八《やたはち》じゃねえか」

正次郎は、入れ、と手招きをした。

弥太八は、紅一家の代貸しであった。

「うちの親分が、すっかりお世話になって」

弥太八の言葉は、正次郎の胸をえぐった。銀兵衛の無念の死が、脳裏《のうり》にまざまざとよみがえる。

「ほんと、気の毒なことになった。おれがそばについていながら……」

思わず正次郎は詫びた。

「とんでもねえ、悪いのは狸の大吉ですよ。うちの親分は人が好かったですからねえ、すっかり狸の手のうちに入れられてしまいまして」

弥太八は肩を落とした。

正次郎がしばらく口を閉ざしていると、ややあって弥太八は顔をあげた。

「二代目、あっしゃ、このままじゃ死んでも死にきれませんや。ですからね、命に代えて日輪寺を潰してやります。親分の仇《かたき》ばかりじゃねえ。日円の奴、きっと悪徳坊主に違いねえんです。大勢の者が騙《だま》されているんですよ。あいつを許していたんじゃ、きっと大きな災《わざわ》いが襲いかかりますぜ。あっしゃ、命懸けで日円の化けの皮《かわ》をはがしてやりますよ」

悲愴な決意で話を締めくくった。

「日輪寺を潰す……口で言うのはたやすいぜ」

正次郎は、批判ではなく、熱くなっている弥太八を諌める気持ちを、言葉にこめた。

「わかってますよ。でもね、あっしは日円って生臭《なまぐさ》坊主が許せませんや。うまいことを言って、紅一家のシマを奪っちまった。しかも汚れ仕事はやくざにやらせて、自分は甘い汁の吸い放題ですよ」

弥太八の気持ちはおさまらない。

「気持ちはわかるぜ。それで、まずは話を聞かせてくれ。紅一家が日輪寺のものになって、シマや一家の者たちはどうなったんだ」

正次郎の問いかけに答える前に、半次が口をはさんだ。

「ショバ代がかからなくなったってのは、本当だよな」

「ああ、ショバ代は取らねえな」

「じゃあ、日輪寺はどうしているんだ。シマを取った意味がねえじゃねえか」

「そこが、日円がうまいところでさあ」

弥太八は正次郎に向いた。

紅一家と根岸一家の子分たちは、寺男になるか托鉢僧《たくはつそう》にさせられているそうだ。

「寺男は寺の雑用のほかに、シマを守る役割を担《にな》うんですよ」

「どういうこった」

半次の問いかけに、弥太八は顔をしかめた。

「寺男は、シマの内で悪さというか騒ぎを起こす者たちを排除《はいじょ》してるんです。まあ、あっしらがシマを守っていたのと同じ役割ですね」

「じゃあ、金はいっさい取ってねえと」

「いや、ショバ代に代わるものを、托鉢僧が取っているんですよ」

「なんだと?」

「子分連中に、シマを托鉢してまわらせているんです」

「つまりは、托鉢の名目で、ショバ代を取っているってわけかい」

半次が呆《あき》れたように言った。

「ほんと、日円ってのはこざかしい野郎ですよ」

顔をゆがめて、弥太八はくさした。

「たしかに、悪知恵がまわる野郎だな」

正次郎も同意した。

「しかもですよ、托鉢僧になった奴らは、どれだけ金を取ってくるかで競わされているんです」

「シマの者にしたら、迷惑な話だな」

「かえってショバ代よりも、月の負担としちゃあ大きくなっているんじゃございませんかね」

弥太八の言うとおりだろう。

日円はいかにも合法的に、シマを傘下《さんか》に置いたのだ。

「日円ってのは何者だい」

正次郎はそう尋ね、

「ただの生臭坊主じゃねえぜ」

と、言い添える。

「恐ろしい悪党ですよ。穏やかな顔をして、腹ん中じゃとんでもねえ悪企みをしていやがる。それだけはわかるんですがね……いったい何者なのか、わからねえ。素性《すじょう》不明ですよ。富士のお山の頂《いただき》で日輪の教えを授かったなんて、いかにも嘘くせえが、それを真《ま》に受ける奴らが日々、増えていやがる。みんな、あの柔和《にゅうわ》な面《つら》と、もっともらしい教えに騙されているんだ」

弥太八は舌打ちした。

「そんな日円を、どうやって倒すつもりだ」

「懐《ふところ》に入りこもうと思いますよ」

声を低くして、弥太八は言いきった。

「どうする気だい」

横から半次が問いかける。

「あっしはね、すでに寺男を任されていますんで、しばらくはその役割を果たしますよ。それで、いろいろなネタをつかみました。もっとも、どれだけ日円の本丸《ほんまる》に攻めこめるかはわかりませんが、少なくとも面白そうなネタです」

にやっとした弥太八に、正次郎が続きをうながす。

「日円は、根岸一家のシマ、根津権現近くの日除《ひよ》け地《ち》に堀をめぐらせて、日輪堀《にちりんぼり》って盛り場を作ったんですがね。紅一家と根岸一家のシマにある、いくつかの店を立ち退《の》かせ、日輪堀に移転するよう進めているんですよ」

「立ち退かせる……ほう、そりゃ、どういうこったい」

正次郎は興味を示した。

「湯屋や料理屋を中心に何軒かに、日円は日輪堀で商いをするよう、伝えているんです」

「なんのためだよ」

半次が問いかけた。

「狙《ねら》いはまだわからねえんだ」

残念そうに、弥太八はうつむく。

「移転させたあとの土地に、代わりの者を入れる気ですかね」

半次は、おのれの推量を正次郎に投げてきた。

「そんなことをしたって、なんの利もねえと思うがな。たとえ息のかかった者に同じ地で商売をやらせるにしたって、それまでそこで商ってきた店から、托鉢で金を巻きあげたほうが、簡単だし確実だろう」

正次郎も首をひねる。

「ですがね、あの日円のことです。きっと、なにかとんでもねえ狙いがあるに決まっていますぜ」

弥太八は言葉に力をこめた。

「たしかに、そうに違いねえが……おめえさんは、それを探るっていうんだな」

正次郎が確かめると、

「ええ、きっと日円の悪企みの大元が、そこにあると思うんですよ」

弥太八は目を見開いた。

「もし、それをつかんだら、どうする」

正次郎が問いを重ねると、

「あっしや紅一家の力じゃ、日円をやっつけることはできません。寺社奉行さまに訴えますよ」

「それはどうかな。そのときこそ、おれに任せてくれ」

「二代目、どうなさるんで」

弥太八は問いかけたが、横で半次は心配そうだ。

「おれだって、そのときになってみねえとわからねえ。だがな、日円と刺し違えてでも、おれはやってやるぜ」

正次郎は決意を示した。

「そいつは心強いお言葉ですぜ」

正次郎の心意気を感じて、弥太八は頰《ほお》を紅潮させた。

「銀兵衛はおれにとっちゃあ、実の弟みてえなもんだった。銀兵衛の仇ってばかりじゃねえ。日円はきっと、シマの衆に多大な迷惑をかける。それはもうひでえことをやるに違いねえ。弥太八の言うとおりだと思うぜ」

正次郎にしては珍しく、怒りの炎《ほのお》を立ちのぼらせた。

「二代目、わかってくれて嬉《うれ》しいぜ」

「ともかくだ、シマはおれたちにとっちゃあ、命だ。そんな大切なもんを、生臭坊主に好き勝手させたくはねえぜ」

思いのたけを語る横で、半次は心配を深める。

「親分、無理なさらねえでくださいよ」

「無理をしなきゃならねえときもあるんだぜ」

冷めた口調で、正次郎は熱い思いを吐露《とろ》した。

「まさしく」

弥太八も大きくうなずいた。

三

五日の昼下がり、剣之介が日輪寺にやってくると、大勢の男女が粥《かゆ》を求めて並んでいるのが見えた。今日も、炊《た》きだしがおこなわれているようだ。

信者の間を、日円がにこやかな顔でまわり、日円を守るようにして寺男が囲んでいた。日円はみずからを飾りたてることはなく、地味な墨染《すみぞ》めの衣《ころも》を身にまとっている。それでも、鼻筋の通った男ぶり、柔和な笑み、すらりとした長身の若い僧とあって、気高い高僧の風格を漂わせ、地味な装いが、潔癖《けっぺき》さを際立たせてもいた。

初夏《しょか》の陽光を受け、青々とした坊主頭が神々《こうごう》しい輝きを放っている。まわりの女たちは、熱い視線を送っているようだ。

「日円さん、ちょっといいっすか」

剣之介が声をかけると、寺男たちが剣之介を睨《にら》んできた。

「なんだよ、おっかない顔をしてさ」

剣之介らしい馴《な》れ馴れしい物言いをした。

寺男がなにか言おうとしたが、日円はやんわりと制し、

「お話を承《うけたまわ》りましょう」

と、こちらにいらしてください、と剣之介を庫裏《くり》へと案内した。


庫裏の書院で、剣之介は日円と向かいあった。

「いやあ、いちだんと繁盛してますね」

剣之介がおおげさに驚いてみせると、日円は穏やかな笑みを浮かべたまま、

「繁盛という言葉は、適当ではないと存じます。拙僧の教えをおわかりくださり、賛同くださる方々が増えておる、ということでございます」

「さすがは日円さんだ。言うことにそつがないっすね」

剣之介は膝《ひざ》を叩《たた》いた。

日円は笑みを浮かべたままだが、その目は笑っていない。

「ところでね、寺男の留吉……」

留吉の名前が出た途端に、日円は両手を合わせ、経文を唱《とな》えはじめた。ひとしきり経をあげてから、

「大変に気の毒でした。拙僧の力が足りないばかりに、あのようなことに……」

「留吉は本堂に盗みに入ったんですよね」

「さようでした」

「たしか以前にも、留吉は盗みに入ったところを根岸の大吉の子分に捕まり、日円さまがお許しになったんでしたね」

「人は過《あやま》ちを犯すものです。ですから留吉さんにも、ぜひにも更生《こうせい》していただきたかったのですが」

「ところが、留吉は性懲《しょうこ》りもなく二度までも盗みを働いたんでしょう」

「残念でした」

「いったい、留吉はなにを盗もうとしていたのでしょうね。一度ならず二度も本堂に盗み入るなんて……」

「金目のものであれば、なんでもよかったのではありませんか」

「というと、具体的にはどんな物っすかね」

「そうですね……そう言えば、当寺には金目のものなどありませんな」

日円は笑みを深めた。

「ふ~ん、そりゃおかしいなあ。おかしいっすよ」

腕を組んで、剣之介は大きく首を傾《かし》げた。

「いかがされましたか」

日円の目が凝《こ》らされる。

「一回目の盗みはわかるんすよ。なにしろ、留吉は三日三晩、飲まず食わずにいたそうですからね。だから、とにかく金目のものを奪おうとした。その結果、たまたま瑪瑙の数珠があって、盗んだ。それは理屈が通るんす。でもね、二度目の盗みはどうですかね。二度目は、留吉の奴も腹はひもじくなかった。食いもの目あてではなく、金のために本堂に入った。ところが留吉にも、本堂には金目の物がないことはわかっていたはずですよね。それがどうして、盗みに入ったんすかね」

剣之介は日円をじっと見た。

日円は表情を変えることはなく、

「さて、たしかに妙でございますな。ですが、拙僧にも、留吉さんがなにを考えておったのかはわかりませぬ」

「ところでこの寺は、信者のお布施で建立したのですよね」

不意に剣之介は話題を変えた。

「ありがたいことでございます」

日円は両手を合わせた。

「信者さんって、どれくらいいるんすか。千人や二千人ではありませんよね」

「さよう、一万人はおりましょうか」

両手を膝に置き、日円はさらりと言ってのけた。

「それはすごいっすね。弘法さまもびっくりでしょう」

本心がわからぬ言い方で、剣之介は日円を持ちあげた。

「弘法さまを持ちだされては、畏《おそ》れ多うございます。信者の方が増えましたのは、拙僧の力ではございません。ひとえに、お天道さまのお導きでございます」

気負いもなく、日円は言ってのけた。

「根岸一家と紅一家は、シマを寄進されたでしょう。しかも、ふたつのシマからは、ショバ代を取っていないとか」

「はい、そのような類《たぐい》のものは、受け取っておりません」

この問いにも、日円は動じない。

「シマをもらいながらショバ代を取らないなんて、いったい、なんのためにシマを手に入れたんすか。俗物のおれには、さっぱりわからないっすよ」

「その土地のみなさまに、日輪の教えを広めるばかりか、日輪の恩恵をお受けいただきたいのです」

　日円が答えたところで、

「あのさ、日円さん。本音《ほんね》を言ってくれないかな。腹を割ってくださいよ」

　剣之介らしい、ざっくばらんな態度に出た。

「拙僧は本当のことしか申しません」

　なんの衒《てら》いもなく、日円は返した。一点の曇りもないとは、あたかも日円のためにあるように思える。

　——だが、こいつは根っからの嘘つき、いや、嘘をつくという感覚すら持ちあわせていないのかもしれない。

　剣之介は心のなかでそう感じた。人は嘘をつくとき、大小の差はあるにしても罪悪感を抱くものだ。それが、日円には微塵《みじん》も感じられないのだ。

「ま、そういうことにしておこうか」

　疑いを示しながらも、剣之介は引きさがった。するとそんな剣之介に、

「佐治さんも、日輪教に入信なさいませんか」

　しゃあしゃあと入信を勧めてきた。平気で嘘をつけるだけあって、相当に肝《きも》も太いようだ。

「おれは無信心ですよ」

　剣之介は首を左右に振った。

「信心あるなしではありません。信徒のみなさんのなかには、熱心な法華宗《ほっけしゅう》や浄土宗《じょうどしゅう》の信者もおられます。逆に、なんの信心も持たない方々もおられます。信心の気持ちを抱かなくとも、あるいは大変な修行を積む必要もありません。身ひとつ、心ひとつで入信できるのです。もちろん、お布施などは必要ありません。いまのお仕事をお続けになっても、差しつかえないのですよ」

　やんわりとした口調で、日円は諭《さと》してくる。ここにきて、剣之介を取りこもうというのだろう。

「やめときますよ。おれ、教えってのは苦手っすから」

　右手をひらひら振って、剣之介は断った。

　日円は微笑《ほほえ》んだままうなずいた。

「わかりました。無理には勧めません。日輪教に入信なさらなくてもよいですから、佐治さんも心がけてください。朝な夕な、日輪への感謝をするのです。入信なさらなくとも、日輪への感謝の気持ちはお持ちください。それだけで、日々の暮らしは豊かになり、幸せになれるのです」

静かに語る日円は、高僧のごとき雰囲気を醸《かも》しだしている。ありがたい説法を聞いているようだ。

「わかったっすよ。やってみます。ああ、そうだ。雨や曇りの日、お天道さまが見えないときはどうするんすか」

しれっと剣之介は問いかけた。

「そのときにこそ、よりいっそうの感謝の念を抱くのです。お隠れになっているお天道さま、早くお顔を拝ませてください、と念ずるのです」

もっともらしい説法に、剣之介は噴きだしそうになった。

「よく、わかったっすよ」

表情を作りながら、剣之介は両手を合わせた。

すると今度は、日円が意表をついた問いかけをしてきた。

「佐治さん、拙僧のことを怪しいと疑っておられるのですね」

温和な表情を、日円はいまだ崩していない。

「日円さまは、なんでもお見通しですね。おれ、日円さんを疑っているっす。日輪の恩恵を広めるなんて、もっともらしい教えを説く裏で、やくざも真っ青の悪どいお方だって思ってますよ」

あっけらかんと、剣之介は言いたてた。

「ほほう、おもしろいお方ですね、佐治さんは」

日円は声をあげて笑った。

一緒になって剣之介も哄笑《こうしょう》を放ったあと、

「おれ、あんたの尻尾《しっぽ》をつかまえるからね。化けの皮をはぎますよ」

「どうぞ、お気の済むまで、お調べになってください。ご健闘を祈りますよ」

余裕たっぷりに日円は返した。この余裕は、背後に寺社奉行・本間出雲守の存在があるからだろうか。

「じゃあ、また」

そう言い残し、剣之介は立ちあがった。


日輪寺を出ると、剣之介は風神一家の縄張りである誓願堀を訪れた。なんとなく活気がない。ぎすぎすとした空気すら感じられた。

すると、見まわりをしている正次郎に出くわした。剣之介に気づき、軽く頭をさげる。どちらからともなく、茶店に入った。

「日円に会ってきたよ」

剣之介は日円との面談の様子を語り、

「つい、弾みでさあ、日円に化けの皮をはがしてやるって言っちゃったっすよ」

と、頭を掻《か》いた。

「剣さんらしいなあ」

楽しそうに正次郎は笑った。苦みばしった顔が、このときばかりはやわらかになった。

「日円には、はったりは通じなかったね。あれは、自分は絶対に捕まらないと確信しているっすよ」

うなずいた正次郎に、剣之介は続けて問いかけた。

「シマも、ずいぶんと影響を受けているみたいだね」

そう言って、戸の外に見える誓願堀の景色を見つめた。

「正直、きついですね」

「シマから出ていく者はいるの」

「あとを絶ちませんね。お上の締め付けが厳しいのに加え、ほかのシマに移ってしまう者が大勢いる。なにしろ、日輪教はショバ代を取らないというんでね」

「ただほど怖いものはないのになあ」

正次郎もわが意をえたとばかりに、大きくうなずいた。

「しかし、日円はちゃっかりと、ショバ代を確保しているんですよ」

根岸一家と紅一家の子分たちを托鉢僧にさせ、その名目でシマから銭を吸い取っていることを、正次郎は話した。

「ちゃんと抜かりなく金を得ているってわけっすね。日円らしい狡猾《こうかつ》さだ」

妙なところで、剣之介は手を叩いて感心した。

「まったく、日円って奴はとんでもねえ野郎ですぜ」

正次郎は静かな闘志《とうし》を示す。

「かならず、日円の尻尾をつかんでやるっすよ。あの澄まし顔を、引きつらせてやりたいね」

同じく、剣之介も闘志を燃やしていた。

四

剣之介が帰ったあと、日円は庫裏の書院に弥太八を呼んだ。もうひとり、卯之《うの》吉《きち》という男も呼んだ。根岸の大吉の代貸しであった男だ。

「おう、弥太、シマの具合はどうだい」

卯之吉は当然のように、上から目線である。

「うちは変わりねえよ」

弥太八はそっけなく返した。

日円は穏やかな笑みを浮かべたまま、ふたりのやりとりに耳を傾けている。

「変わりはねえのはかまわねえが、立ち退きはどうなったんだよ」

卯之吉の口調は責めているようだ。

「ぼちぼち、進めているよ」

「ぼちぼちじゃ、呑気《のんき》に過ぎるんじゃねえのかい」

そこまで言って、卯之吉は同意を求めるように日円を見た。

日円は温和な表情を崩すことなく、

「わたしたちは、この世に極楽を築くのですよ。日輪堀は、この世の極楽なのです。お天道さまがあまねく照らし、日輪堀で暮らす者に幸《さち》をもたらすのです」

これを受け卯之吉が、

「日円さまのありがてえお言葉を聞いただろう。おれたちはな、日円さまの手となり足となって働くことができることを喜ぶんだよ」

「おら、十分に喜んでいるぜ」

弥太八は返した。

「だったら、急げよ。ぼちぼちなんて、ぬるいことを言ってるんじゃねえ」

「逆らうつもりはねえがよ、おれはよお、日円さまの狙いが知りてえんだ」

そう弥太八が返すと、

「なんだと、てめえ、失礼なことを言うな!」

頭ごなしに卯之吉は怒鳴った。

だが弥太八は引きさがることなく、口を尖《とが》らせ、

「だってよお、この世に極楽を築くってておっしゃってもよお、そりゃありがてえことには違いねえがよお、もっと、具体的なことが知りてえよ。知ればよお、おれだってやり甲斐《がい》が増すってもんだぜ」

「つべこべ理屈を並べるんじゃねえ」

卯之吉は、弥太八をきっと睨んだ。

「卯之吉さんは知りたくねえのかい。日円さまにお仕《つか》えする寺男を、束ねる立場じゃねえか。寺男のなかには、おれみてえにろくな信心もねえ連中がいるんだ。そいつらを手なずけ、日円さまのために働かせるには、日輪堀がこの世の極楽だ

ってことをわからせなきゃいけねえ。そう、思わねえかい。なあ、卯之吉さん、根岸の大親分にも勝《まさ》る、寺男頭《がしら》になってくれよ」

卯之吉の立場や自尊心を刺激するようなことを、弥太八は言いたてた。

「おれは……日円さまについてゆくだけだ」

卯之吉は、ちらっと横目で日円を見た。

おもむろに日円は語りはじめた。

「いいでしょう。弥太八が申すことも、もっともです」

この言葉に、弥太八も卯之吉も背筋をぴんと伸ばす。

「この世の極楽、それはみなが安心して暮らせるばかりか、豊かな暮らしを送ることができるということです」

「ごもっともです」

卯之吉は相槌《あいづち》を打った。

弥太八は神妙な顔で黙っている。

日円は軽くうなずき、

「日輪堀に住まう人々に、わたしはこの世の極楽をもたらします」

根津権現近くの火除け地に設けられた日輪堀は、結界《けっかい》を張るかのように四方に堀をめぐらせてある。

「日輪堀を訪れる者は、木戸銭十文を払えば、堀の中での飲み食い、見世物《みせもの》の見物、あらゆる遊興がいっさい、ただになるのです」

思わぬ日円の言葉に、さっそく卯之吉が膝を叩いた。

「すげえや」

「そんなことができるのですか」

あまりに非現実な話に、弥太八はかえって疑念を深めた。

「できます」

だが、日円はきっぱりと言いきった。

「ですが……堀の中の者たちは、それで商いができるのですか」

弥太八は、すばやく頭の中で算盤《そろばん》を弾いた。

仮に千人が訪れたとして、一日の木戸銭は一万文、金にして二両二分だ。堀のみなの取り分としては不足だ。

ところが日円は、

「それでよいのです。不足分はわたしが払います」

日輪教の檀家《だんか》からのお布施で、十分に補《おぎな》うことができるのだとか。堀の中は、ショバ代はもちろん、家賃もかからない。みな商いの良し悪しを気にかけることなく暮らせるそうだ。

「それ見ろ、日円さまはな、下々の暮らしにまで目配りなされ、面倒をみてくださるんだぜ。こんなありがてえ話はあるかよ」

卯之吉は手放しで喜んでいるが、そんなうまい話があるものかと、弥太八は日円に対する不審を強くするばかりだ。

「くだらねえことを聞きますがね、博打《ばくち》は……賭場《とば》は開帳するんですか」

弥太八は尋ねた。

日円はにこやかに、

「遊戯としての博打は開帳します。丁半博打《はんちよう》、手本引き、花札《はなふだ》、遊戯として楽しめばよいでしょう。囲碁《いご》、将棋《しようぎ》と同様ですね。もっとも囲碁、将棋も、お金を賭《か》ける者がいますが」

「そりゃ、おれたちは辛抱《しんぼう》できねえかもしれねえが、極楽を思い描いてみねえ」

卯之吉は言った。

弥太八が黙っていると、

「いいか、極楽ではよお、たとえ博打があったとして、勝ち負けがあったとして

ないかという思いを抱きながら、けじゃねえんだものな」だぜ。だって、そうだろ。極楽じゃあよお、いくら儲《もう》かったって、富が増えるわも、負けた者が身ぐるみはがされたりしねえだろう。みんな心穏やかに過ごすん

もっともらしい理屈を、卯之吉は述べたてた。それじゃあ博打にならないじゃ

ないかという思いを抱きながら、

「……すみません、もうひとつ下世話な話を……女はどうなんです。紅一家のシマには、立ち退きの対象になっている女郎屋もありますよね。女郎屋も、日輪堀に移すってことなんじゃございませんか」

弥太八は、わざと下卑《げび》た笑いを浮かべた。

対して、日円は澄ました顔を崩さない。

「女郎屋は置きません。日輪堀は、お天道さまの下で、笑顔で楽しめる場所なのです。ただ、男と女の秘め事というのは、人が生きてゆくうえで大きな喜びであり楽しみです。ですから、わたしも否定はしません。ただ、わたしは、女性を金で買うことを許しません。ですから、出会い茶屋は置きます」

なるほど、男と女の秘め事は、水茶屋でやらせるということか。

「ということは、立ち退きをさせる女郎屋の女郎を、水茶屋に置くということで

すか」

弥太八が確かめると、

「いいえ、置きません」

日円はきっぱりと否定した。

「じゃあ……女郎屋を立ち退かせずとも、よろしいじゃござんせんか」

弥太八が戸惑うと、

「日円さまはな、立ち退かせた女郎屋の女郎をみな、おのおのの親元にお帰しになられるんだ」

自慢げに卯之吉は言った。

「ええ、そりゃ、ほんとですかい」

「わたしは嘘は申しません」

女郎たちの借金を日円が立て替えてやり、故郷に帰すのだとか。

「わかったかい。日円さまのお心がけが。ほんと、日円さまはな、お天道さまに遣《つか》わされたお方なんだぜ。本当におれたちは幸せ者だ。日円さまの手足となって働けるんだからな。死んだ親分も、あの世で喜んでおられるってもんだ。それとも、羨《うらや》ましがっておられるかもな」

手放しで卯之吉は喜んだ。

しかし弥太八は、とても信じられない。ますます、日円という男が謎《なぞ》めいてしまった。

「だからよ、おれたちは早いとこ、立ち退きを進めるんだよ」

卯之吉の言葉に続けて、日円もうなずきながら言った。

「弥太八、よろしく頼みます。この世の極楽をともに創りましょうね」

「はい」

こうなってしまっては、ともかく素直に返事をしておくしかない。


庫裏を出ようとした弥太八を、日円が呼び止めた。

「弥太八、わたしの言葉足らずで迷わせていたようですね」

ここでも日円は、にこやかに語りかけてきた。

「いや、その、あっしも日円さまが、こんなにも崇高《すうこう》なことをお考えだとは知りませんでしたので」

「わたしの考えに賛同してくれて嬉しいです」

日円は大きくうなずく。

「さっきもお聞きしたんですがね、女郎屋の女郎たち、年季が明けるだけの金を日円さまが立て替えてくださるってことですけど、そのことは、女郎屋の女将《おかみ》に約束してもいいんですよね」

「もちろんですよ」

日円は笑みを深める。

「では、そのように女郎屋の主人にも伝えます。あと料理屋の一軒なんですが、どうしても離れたがらないんですよ。あの地で、五代にわたって商いをしているそうでして」

弥太八が懸念を示すと、日円は少し考えこんだ様子で、

「月乃屋《つきのや》さんですか」

「そうです、月乃屋の旦那《だんな》の太郎兵衛《たろべえ》さんは、頑《がん》として立ち退きに応じないんです。まあ、あっしが口説かなきゃいけないんですけどね」

困った、と弥太八が嘆くと、

「わたしがまいりましょうか」

日円は申し出た。

「いや、まずは、あっしがやりますよ」

「では、お任せします。くれぐれもお願いしますが、決して手荒な真似はなさらないでくださいね」

日円は釘《くぎ》を刺すと、女郎たちの借金を肩代わりするという念書を用意する、と申し出てきた。

日円の書付があれば女郎屋を説得できるだろうと、弥太八も受け入れた。

五

日円の立ち退き計画は、眉唾《まゆつば》どころか、その背後に隠れているであろう陰謀《いんぼう》の臭《にお》いがぷんぷんとする。

しかし、女郎屋にかぎっては、日円の話に乗ってもいいのではないか。女郎たちが親元に帰ることができるのだ。

そんな気持ちになって、弥太八は女郎屋にやってきた。上野広小路の横丁を入ったどんつきにある、池塚《いけづか》という店だ。紅一家のシマでは、いちばん大きな女郎屋であった。

格子《こうし》女郎に手をあげてから店に入り、帳場で女将のお陸《りく》と会った。

「これは四代目」

お陸は厚化粧の顔で微笑んだ。

「四代目じゃねえよ。紅一家はなくなっちまったんだからな」

弥太八が苦笑を返すと、

「そうだったね。三代目は気の毒なことをしたよ」

お陸はしんみりとなった。

次いで、

「あたしゃ、二代目のときから、ここで商売をやっているんだからね。あ、いや、女郎のころからすると初代からさ。ほんと、歳ばっかりくっちまってさ」

「日輪寺のシマになって、あ、いや、シマなんて言ったらいけねえか、まあともかく、日輪寺のものになってから、ショバ代がかからなくなって嬉しいだろう」

「それはいいんだけどさ、なんだか尻がむず痒《がゆ》いよ。うまい話には裏があるっていうのは、身に滲《し》みているからね」

一介の女郎から女郎屋の女将に成りあがった苦労人だけあって、お陸の言葉には重みがある。

「ま、そりゃともかくだ。今日やってきたのはな……」

「立ち退きの話かい、やなこったよ」

話を聞かないうちにお陸は拒絶し、そっぽを向いた。

「おいおい、そう無下《むげ》にしねえで。まあ、話だけでも聞いてくんな」

お陸を宥《なだ》め、こちらを向かせてから、

「日円さまがな、女郎たちの年季明けに必要な金を、肩代わりしてくださるっておっしゃっているんだよ」

「へ〜え」

お陸は疑わしそうな目をしている。

「信じられねえかもしれないがな、本当なんだ。まあ、見てくんな」

弥太八は懐中から書付を取りだした。

「日円さまが、書いてくださったんだ」

そう言って中味を、お陸に見せた。お陸は、ふ〜ん、と言いながらも字面《じづら》を追った。読み書きができるのが、お陸の自慢だ。加えて算盤も達者で、それゆえ女郎屋の切り盛りができる。

「な、いいだろう。女将さんだってさ、女郎やって苦労したじゃないか。女郎たちは、なんと言ったって借金が仇なんだからな」

「そりゃそうだけどさ。なんだか、うまい話が過ぎるんじゃないかね」

それでもまだ、お陸は疑いを解かない。

「でも、こうやって念書まで書いてくださっているし、立ち退きに応じたら、すぐにも金は届けるってことなんだからな。金を受け取れば、女将さんだって信用するだろうさ」

「あたしはいいんだけどさ」

お陸は思いつめたような顔になった。

「どうしたんだい。女郎たちだって、客を取らなくて済むんだ。廓《くるわ》に身を沈めていなくたっていいんだぜ。こんないい話はねえと思うがな」

弥太八は、たたみかけた。

「そりゃさ、喜ぶだろうけど。なかにはね、帰るところがないって娘もいるさ。親元を売られてきたんだよ。帰ってこられたら迷惑する親だっているさ」

お陸は眉根を寄せた。

「疑えば切りがねえ……まずは年季が明ければいいんじゃねえのかい」

「まあ、そうだけど」

「なら、立ち退きに応じてくれるな」

「その前にさ、女郎たちに聞いてみるよ」

お陸は慎重な姿勢を示した。

すると、

「四代目」

と、男が入ってきた。

立ち退きに応じない月乃屋の主人・太郎兵衛であった。

「四代目がここに入ってゆくのを、奉公人が見かけたんでね、ずうずうしく押しかけましたよ」

太郎兵衛は、邪魔するよ、とお陸に許可を求めた。

「かまわないよ」

気を利かせ、女将は帳場から出ていった。

太郎兵衛は弥太八に向き直った。

「まず、四代目はやめてくんな。紅一家はもうないんだからな」

「わかりましたよ。なら……なんて呼べば……まあ、これまでどおり代貸しでいいか」

代貸しでもないと弥太八は思ったが、それよりも太郎兵衛の用件を聞かなければならない。

「立ち退きの件かい」

弥太八が問いかけると、太郎兵衛は大きくうなずき、

「何度も言ったようにな、うちは立ち退く気はありませんからね」

「日円さまが日輪堀に入れば、商いの苦労をしなくていいようになるんだぜ」

日円の極楽化計画について、弥太八は説明をした。

太郎兵衛は黙って聞いたあと、

「それを聞いたって、いや、聞いてなおさら、日輪堀に入る気はしませんね」

「でもな、こんなことを言っちゃあなんだが、お上の締め付けが厳しい折だぜ、そうそう儲からねえぞ。いまは日輪寺の土地になっているから、南北町奉行所は遠慮するだろうけど、商売だって楽じゃねえはずだ。奢侈《しゃし》禁止、贅沢華美《ぜいたくかび》が禁じられている、このご時世だからな」

「たしかにやり繰りは大変ですよ。ですがね、あたしは月乃屋の暖簾を背負って五代目です。商いってのは、浮き沈みがあるもんだ。そりゃ、日輪堀に入ればやり繰りの心配はなくなるかもしれませんよ、ですがね、それじゃあ、商いとは申せませんよ」

太郎兵衛は持論を主張した。老舗《しにせ》料理屋の矜持《きょうじ》に満ちている。

「旦那のお気持ちはわかりますぜ。ですがね……」

言葉の継ぎ穂をなくし、弥太八は言葉に詰まった。

「商いというのは、儲かったり損《そん》したり、喜んだり悲しんだりするからいいんじゃありませんかね」

「なら、旦那、日輪堀には入らないんですね」

弥太八は念を押した。

「すいませんね。わがまま言いますが、そういうこって」

「お気持ちはよくわかりましたよ。日円さまだって、嫌がる者に無理強《じ》いはなさらねえですよ」

言葉とは裏腹に危惧《きぐ》を抱きながら、弥太八が引きさがった。太郎兵衛は、ほっとしたような顔で帰っていった。

太郎兵衛と入れ替わるようにして、お陸が戻ってきた。

「娘たちには話しましたよ。喜んでいる者と戸惑っている者が、半々ってところですかね。なかには、馴染《なじ》みの客と一緒になれるって喜んでいる娘もいるんだけどさ」

お陸自身が店を閉じたら、どうすればいいのかわからないそうだ。

一連の話を終えて、弥太八は外に出た。

なんとなく、これで終わるような気がしない。心のもやもやが、かえって濃くなった。

その足で風神一家へ向かった。

奥座敷で、正次郎は弥太八と面談に及んだ。

弥太八は、日円の日輪堀計画を語った。

「この世に極楽な……」

正次郎はつぶやいた。

「怪しいですかい」

「怪しいなんてもんじゃねえ。この世に極楽なんざ、あるわけがねえ。そう言う奴は、悪党に決まっているんだぜ」

正次郎は決めつけた。

「しかし、女郎にとってはいい話だと思うんですよね」

「そうかな」

だが、依然として正次郎は懐疑的《かいぎてき》だ。

「それにも裏があるって思いますか」

「あるに違いねえぜ」

正次郎は、しっかりとした口調で返事をした。

「二代目がおっしゃるんでしたら、あっしも自分の読みが甘いって思えてきましたぜ」

弥太八は言葉を失った。

そこへ、半次が戻ってきた。

半次は弥太八に目礼してから、

「女が三人、吾妻橋《あづまばし》の袂《たもと》に浮かびましたぜ」

「何者だい」

正次郎の問いかけに、

「さあ、よくわからねえですが、堅気《かたぎ》の女ってわけじゃなさそうですよ。それに、三人とも素っ裸だったって。大川に着物が流れたわけじゃなさそうですよ。はなっから全裸で、川に飛びこんだみたいです」

「というと……」

弥太八も興味を抱いた
正次郎が首をひねりつつ、

「三人が一遍《ぺん》にっていうのは、なにやら不穏《ふおん》な空気が漂ってるなあ」

「ほんとですね」

「これ、ひょっとして、日円の日輪堀がかかわっているっていうのは、勘ぐりすぎですかね」

弥太八が疑念とともに言った。

これに半次が同調を示す。

「わからねえが、兄弟がそう思うのも無理ねえって気がしますよ」

「死因はなんだ。自死か殺しか」

正次郎が聞くと、

「溺《おぼ》れ死《じ》にってこってしたけどね」

それ以上はわからねえ、と半次は言い添えた。

「きっと、なにかあるぜ」

正次郎は確信に満ちた物言いをした。

「調べてきますよ」

さっそく、弥太八は飛びだしていった。

「親分、日輪堀にシマを寄贈する件、参加しなくてよかったですね。うまい話には、やっぱり裏がありますよ」

半次の言葉に、

「そうだな。まあそのうち、奴らも馬脚《ばきやく》を露《あら》わすだろうぜ。よし、おれらも弥太八についていくか」

またもや確信めいた口調で、正次郎は言いきった。

六

吾妻橋の袂にあがった女の亡骸《なきがら》を確かめたのち、剣之介は風神一家に向かおうとした。すると、正次郎が向こうからやってきた。

「剣さん、ちょっと妙なことになってきたんですよ」

正次郎は駒方堂《こまがたどう》まで、剣之介を誘った。

そこに、弥太八が待っていた。剣之介は正次郎から弥太八を紹介され、日輪堀についての話を聞いた。

「ぷんぷん臭うね」

剣之介が言うと、正次郎はうなずいた。

「勘繰《かんぐ》りすぎかもしれないんですがね、殺された三人の女、日輪堀にかかわっているんじゃないかって思って」

弥太八の疑惑に、

「あんた、日輪堀で三人を見たことあるんすか。三人とも、そろって着物を脱いでから川に飛びこんでいるんすよ。大川にも河原にも吾妻橋周辺にも、着物は見あたらない。素っ裸で歩いてきたことになる。だが若い女が夜とはいえ、全裸で歩くなんてないっしょ。いくら死を覚悟していたとしても、おかしいよね。で、あんた、もう一度訊《き》くけど、日輪堀で三人を見かけなかったっすか」

剣之介が問いかけると、

「いえ、ないんですがね」

頼りないことですみません、と弥太八は言い添えた。

と、そこで、

「おい、女将さん」

なにかを見つけたように、弥太八は通りがかりの女を呼び止めた。

顔見知りの女のようだが、女郎屋の女将、お陸である。

「ああ、代貸し……」

お陸の顔には、恐怖が漂っていた。

「どうした？　こんなところで」

弥太八が尋ねると、

「いえね、殺された娘のなかに知ってる者がいまして」

お陸は言った。

剣之介と正次郎は目をむいた。

弥太八が、

「知っているっていうと」

「ひとりはね、うちに入りかけたんですよ」

お陸が言うには、お玉《たま》という娘だそうだ。だが、歳が若いため、お陸は一年ほど身のまわりの世話をさせようとした。すると女衒《ぜげん》は、お玉をもっといい条件で買ってくれる女郎屋に売ってしまったそうだ。

その女郎屋とは、

「松金《まつかね》さんですよ」

お陸は答えた。

松金屋は、根岸一家の縄張りにあった女郎屋であった。日円の求めに応じて、すでに立ち退きをしている。

女郎たちの年季明けの借金は、ここでも立て替えているそうだ。

「その三人が死んだ……」

訝《いぶか》しむ正次郎に、弥太八も同意を示した。

「絶対に怪しいですぜ」

そこで剣之介が、

「ふたりは溺れ死にだったんですけどね、ひとりは首に絞められた痕《あと》があったっすよ」

「まあ」

あらたに知らされた情報に、お陸は恐怖で顔を引きつらせた。

「ということは、殺しに違いねえですね」

弥太八は意気込んだ。

「そうだろうぜ。となると、殺したのは根岸一家、卯之吉の指図だろう。もちろん、卯之吉は日円の意を汲《く》んでいるんだがな。だがどうして、女郎たちを殺したんだろう」

　思案する正次郎をよそに、

「どうしましょう」

　いまだお陸は、恐怖に顔を引きつらせている。

　弥太八が安心させるように言った。

「心配するな。かならず、うちの一家が守るからな」

　シマの頭に言われて少しは安堵《あんど》したのか、お陸は、わかりました、と言って帰っていった。

「まだ、日円の指図と決まったわけじゃねえが、同じ女郎屋の女郎がおそらくは三人、殺された。なぜだ……」

　正次郎がつぶやき、弥太八はますます日円という男がわからなくなった、と嘆いた。

「その三人が、日円の企みに邪魔だったんだろうさ」

　遠くを見るような目つきで、剣之介が言った。

その日の晩であった。

月乃屋から出火し、ちょっとした火事騒ぎとなった。

幸いにして全焼はまぬがれ、類焼にも及ばなかったが、出火の責任から、月乃屋は営業ができなくなった。

月乃屋の主人・太郎兵衛は弥太八とともに、日輪寺の書院に呼びだされた。

「申しわけございません。でも、うちは絶対に、火の不始末なんかしていないんです。これは火付けですよ」

太郎兵衛は憔悴《しょうすい》しつつも、そうきっぱり主張した。

相対する日円は穏やかな表情のまま、まずは同情を示した。

「月乃屋さん、さぞや無念であられたことでしょうね」

太郎兵衛は、無念の拳《こぶし》を震わせた。

するとそこへ、卯之吉が入ってきた。

卯之吉は太郎兵衛を見るなり、

「おい、月乃屋、おめえ、とんだあやをつけてくれたな」

居丈高に言った。

無言で、太郎兵衛は唇を噛《か》んだ。たたみかけるように、

「てめえ、迷惑をかけておきながら、なんだその態度は」

すごい形相《ぎょうそう》で、太郎兵衛を蹴飛ばした。たまらず太郎兵衛は畳に転がった。

「兄弟、手荒な真似はやめてくれよ」

すぐさま弥太八が止めに入った。

「そんなこと言うがな、こいつが日円さまの親切を聞かずにいるから、火事騒ぎを起こしたんじゃねえか。それを悔《く》いるどころか、自分は悪いことないみてえな態度をとりやがってよ」

卯之吉は、なおも太郎兵衛を睨みつける。

そこで日円が、

「それくらいでいいでしょう。とにかく、今回は残念なことになりました。本当に残念ですよ、弥太八さん」

「日円さま……もし店が再建できたら、月乃屋さんに引き続いて商いを続けてもらいたいんですがね」

弥太八の提案に、卯之吉が反発して顔をゆがめる。

「それはできません」

日円はやわらかな笑みをたたえているものの、有無を言わせない強い意志で拒絶した。

「ですが、月乃屋さんは、八十年も同じ地で、料理屋を営《いとな》んでおられるんですよ。どうか、お願いします」

ふたたび弥太八が頼みこむと、太郎兵衛も畳に額をこすりつけた。

「二度と、出火なんかさせませんので、どうか……店は小さくてかまいません。ですが、月乃屋の暖簾だけは守りたいんです」

日円は表情を変えず、

「できません。こればかりはね。小火《ぼや》でも火事を出してはいけません」

卯之吉が続いて、

「へん、火炙《ひあぶ》りにならなかったのが、日円さまの温情だぜ。寺社奉行さまに、店の退去《たいきょ》だけで済むよう頼んでくださったんだからな……さあ、帰った、帰った」

けんもほろろに、卯之吉は太郎兵衛を追いたてた。

太郎兵衛は力なく立ちあがると軽く頭をさげ、肩を落として出ていった。

「馬鹿な野郎だぜ」

卯之吉は顔をしかめた。

ここで弥太八は、卯之吉に向いた。

「ところでな、根岸一家のシマのあった女郎屋、松金屋の女郎が三人、大川で死んでいたな」

「ああ、そうだったみたいだな」

無関心とばかりに、卯之吉はぶっきらぼうに答えた。横目に映る日円は、穏やかな顔のままだ。

「三人も死んだんだぜ。なにかあるんじゃねえのか」

弥太八は語調を強めた。

卯之吉は冷笑を浮かべ、

「あいつらはな、それぞれ好いた男がいたんだよ。それでな、日円さまが借金を立て替えてくださり、素直に親元に帰ればいいものを、男と一緒になれるって思っていたんだ。それが男にしてみたら、しょせんは女郎。つまりは遊びってことだ。それで、思いあまって大川に飛びこんだってわけだ」

「しかし、ひとりは首を絞められていたそうじゃねえか」

弥太八の指摘に、卯之吉は一瞬、言葉を詰まらせたが、

「はじめは、首をくくろうと思ったんじゃねえのか。それで、うまくいかなくて、大川に飛びこんだってことだろうよ」

「首吊《くびっ》りの失敗だと？」

「さあな、紐《ひも》が切れたんじゃねえのかい。そんなことまでおれに聞かれたって、知らねえよ。とにかくだ、ほかの女郎たちはそりゃあもう、日円さまに感謝して親元に帰っていったんだぜ。だからな、おめえんとこの女郎屋も早いとこ、始末をつけるんだな」

「まあ、やってみるよ」

　ここはとりあえず、逆らわずにいた。

　そんな弥太八に、日円が頼みこむように言った。

「お願いします。わたしは一日も早く、女郎などという苦痛から、女たちを解き放ってあげたいのですから」

「日円さまはな、借金の証文と代わりに、女郎たちにあらたな旅立ちをって、ありがてえ名前までつけてくださるんだぞ」

　恩着せがましく、卯之吉が言った。

七

明くる日、弥太八は女郎屋池塚の女将・お陸と、その女郎たちを連れて、日輪寺にやってきた。

日円は女郎ひとりひとりの借金証文を確認し、金子《きんす》を用意した。それをお陸が確かめ、証文を破り捨てていった。娘によって借金の額は異なるが、だいたい三十両から五十両である。二十人で、千両の大金になった。

総勢二十人あまりの女郎たちは、これで自由の身となった。

「ほんと、日円さまは、仏さまのようなお方でございますね」

お陸は女郎たちに微笑みかけた。

女郎たちは、おっかなびっくりだ。突然、借金を帳消しにされ、どうしていいのかわからない娘もいる。もちろん、これで嫌な客を取らなくてもいいと、素直に喜んでいる娘もいた。

「みんな、これからどうする」

弥太八は娘たちに尋ねてみた。

答えられない娘たちに、

「借金は帳消しになっても、すぐには食べていけないだろう。あたしも、日円さまにならって、施《ほどこ》してやるさ」

と、お陸はひとりひとりに、五両の金を与えた。

「女将さん、いいことするねえ」

弥太八が声をかけると、

「あたしも鬼じゃないからね」

自分が売られてきた昔を思いだしたのか、お陸はしんみりとなった。

そこへ卯之吉が入ってきた。

「みんな、よかったな。本当によかった。親御さんもお喜びになるぜ。日円さまに感謝しな」

卯之吉にうながされ、娘たちはおずおずと日円に向かって頭をさげた。日円は温かな眼差しで見返す。

「日円さまはな、これからのみなの門出にって、お祝いをくださるんだぞ」

娘たちは顔を見あわせ、卯之吉は話を続けた。

「きれいな着物や小間物を、くださるんだ」

たちまちお陸が、

「ほんと、ありがたいね。あたしゃ、涙が出てきたよ」

と、涙ぐんだ。

「さあ、こっちへ来な。きれいに化粧して、髪を結って、新しい着物や小間物を身に着けるんだよ。支度部屋があるからな」

卯之吉に連れられ、娘たちが日輪の塔へと入っていくのを、弥太八はひそかに鋭い目で見届けていた。


その夜、剣之介は正次郎と弥太八とともに、日輪寺の日輪塔の前にやってきた。

夜空を満月が彩り、新緑の香を夜風が運んでくる。

まこと、心地よい一夜であった。

正次郎は糊《のり》の利いた紺地無紋《こんじむもん》の小袖《こそで》を着流し、茶献上《ちやけんじよう》帯を締め、長ドスではなく、侍出身らしく大刀を落とし差しにしていた。

弥太八は長ドスを差している。

五重の塔の相輪に代わって、金色の円盤が塔の最上部を飾っている。月光に煌《きら》めく、日輪教の象徴であった。

「日円の奴、なにも善行で女郎たちの借金を立て替えたわけじゃありませんよ。きれいに着飾らせて、この塔に閉じこめているってことは、高値で売り飛ばすつもりなんじゃありませんかね」

弥太八の考えを受け、

「ありそうだね。それについちゃ、寺社奉行の本間出雲守に悪い噂《うわさ》があるのさ」

剣之介が言うと、正次郎と弥太八は興味深そうな目をした。

「本間は、抜け荷に手を染めているんだって。御用商人を敦賀湊《つるがみなと》に常駐させ、清国《しんこく》やルソン、さらにはオランダと交易をしているそうっすよ」

途端に、正次郎は目をむいた。

「娘たちを異国に売っているんですか」

怒気をはらんだ正次郎の問いかけに、

「日本の娘は高く売れるらしいっすからね」

剣之介がこともなげに答えると、正次郎は歯嚙みした。

あっ、と気づいた弥太八が、

「大川で仏になった三人の女郎、売られようとして逃げだしたんですよ。それで見つかって卯之吉に殺された。で、素っ裸だったのは、高価な着物を着たままじや町方に怪しまれるから、身ぐるみをはいだんでしょう」

「そうだろうね」

答えつつ、剣之介は心のうちで闘志を掻きたてているようだ。

弥太八は長ドスを抜き、鞘《さや》を捨てた。

三人は塔の扉の前まで近づき、いったん歩みを止め、互いの顔を見あわせた。

「行くっすか」

剣之介が声をかけると、正次郎は観音扉を勢いよく開けた。

「な、なんだ」

卯之吉配下の寺男たちが、驚きの目を向けてきた。連子窓《れんじまど》の隙間《すきま》から月光が差しこみ、塔内が、ほの白く浮かんでいる。

格子が寺男たちの顔に影を落とし、半開きになった口と相まって、とんだ間抜け面《づら》である。

正次郎は無言のまま抜刀すると、すり足で間合いを詰め、あっという間に三人の腕を切り落とした。

「ううっ！」

絶叫とともに、三人は板敷きをのたうった。

上層から、どやどやと手下たちがおりてきた。弥太八が長ドスで斬《き》りこむ。敵は泡を食い、浮き足立った。それでも、続々と敵はおりてきた。

「ここは、あっしらに任せて、剣さんは」

正次郎が階《きざはし》を見あげた。

敵は、正次郎と弥太八に向かう。

「わかったっすよ」

まるで物見遊山《ものみゆさん》に出かけるかのようなお気楽さで、剣之介は階を駆けあがった。

二重、三重は無人で、薄闇が広がるばかりだ。

ただ、四重には托鉢僧をやらされている根岸一家の残党がたむろしていた。下の騒ぎを聞き、どうしようか言葉を交わしていたのだ。

剣之介を見ると、ひとりが金剛杖《こんごうづえ》で殴りかかってきた。

剣之介は長ドスを抜き、金剛杖を切り飛ばした。間髪《かんはつ》いれず、顔面を殴りつける。残る敵には、足蹴と峰打ちを放つ。苦しげに板敷きを這う敵に、

「退散しな、じゃないと斬るっすよ」

長ドスを振りあげて恫喝《どうかつ》すると、托鉢僧たちはほうほうの態《てい》で、階をおりていった。なかには、経文を唱える者もいた。

剣之介は階をのぼり、五重へと向かった。

五重には、娘たちが座っていた。二十畳ほどの板敷きに、みな、きれいな着物を着て、値の張りそうな簪《かんざし》で髪を飾り、剣之介を怯えた目で見ていた。

娘たちを監視するように卯之吉が仁王立《におうだ》ちしているが、日円はいない。

と、

「騒々しいですね」

濡《ぬ》れ縁から、日円が入ってきた。

扉が開け放たれ、夜風が吹き抜ける。

「みんな、きれいな着物を着せられて、幸せかい」

剣之介は娘たちに声をかけた。

誰も返事をしない。うつむいたり、涙ぐむ者ばかりだ。

「幸せのわけないよね。廓から出られたと思ったら、異国に売られるんだもの。極楽から地獄に突き落とされたようなもんすよ」

剣之介の言葉に、日円はぬけぬけと言い放つ。

「みな、西方浄土《さいほうじょうど》に旅立つのですよ」

「ものは言いようっすね。西方って西洋の異国に売られていくんすか。異国だからって極楽浄土ってわけじゃないでしょ」

　剣之介が睨みつけると、

「つべこべ言うんじゃねえ」

　卯之吉は長ドスを抜くや、手近にいる女郎の首筋に切っ先を突きつけた。

「おれに勝てないからって、汚いっすね」

　剣之介は長ドスを右手で頭上に掲げた。

「濡れ縁に出て、飛びおりろ」

　卯之吉が怒鳴った。

「飛びおりたら、死ぬっすよ」

　けろりと剣之介は答える。

「どこまでもふざけた野郎だ。なら、こいつを殺す。おまえが飛びおりるまで、女を殺し続けるぜ」

　卯之吉の脅《おど》しに、娘たちは悲鳴をあげる。

「あんたさ、殺すって簡単に言うけどさ、大事な娘さんたちじゃないんすか。日円さんが千両もの金をはたいて、買い取ったんでしょう。あんたなんかよりさ、よっぽど高く売れるっすよ。ねえ、日円さん」

剣之介が日円に語りかけると、卯之吉も日円に視線を向けた。

すかさず、剣之介は左手で鞘を抜き、卯之吉に投げつけた。朱色《しゅいろ》の鞘は一本の矢となり、卯之吉の顔面を直撃した。

「ああっ」

顔を押さえ、卯之吉はよろめいた。

間髪いれず、

「階をおりな!」

娘たちに声をかけるや、剣之介は卯之吉に斬りかかった。小袖の裾《すそ》がめくれ、緋《ひ》襦袢《じゅばん》が躍る。

「野郎!」

卯之吉はめったやたらと、長ドスを振りまわす。

剣之介は長ドスで、卯之吉の刃を斬りはらった。卯之吉の手を離れた長ドスは、夜空に消えていった。

たまらず、卯之吉は濡れ縁に逃《のが》れた。追いかけると手すりを背負って、

「わかった。勘《こ》弁だ。降参する」

と、許しを請うた。

「お縄になるんすね」

剣之介が声をかける。

卯之吉は大きく首を縦に振った。

「じゃあ、神妙にするっすよ」

剣之介が許したと見るや、卯之吉は懐に呑《の》んでいた匕首《あいくち》を抜き、突きかかってきた。

「馬鹿」

冷笑を浴びせ、匕首を長ドスで叩き落とすや、つんのめった卯之吉の尻を思いきり蹴飛ばした。

卯之吉は手すりを越え、落下した。

「あっ～」

夜空を悲鳴がつんざいたが、じきにぐしゃりとした耳障《みみざわ》りな音とともにやんだ。

五重の中に戻ってみると、娘たちはすでにいなくなっており、がらんとした板敷きに、ぽつんと日円が座っている。望月《もちづき》差す日円の顔は、いまも穏やかだ。

日円は夜空を見あげ、

「美しい月ですね」

歌でも詠《よ》みそうな落ち着きぶりである。

剣之介は日円の前に、あぐらをかいた。

「佐治さん。わたしは月でいればよかったのですね」

日円の視線は、月から剣之介に移された。

「おれに言われてもわからないっすよ」

剣之介は首をひねった。

「わたしは、兄の陰《かげ》に隠れて育ちました。兄とは寺社奉行の本間出雲守です」

「へえ、兄弟だったんだ」

日円は小さくうなずき、

「兄は本間家の嫡男《ちゃくなん》として慈《いつく》しみを受け、わたしは幼いころに寺に出されました。兄は順調に出世、まばゆいばかりの人生を歩んでおります。わたしは学問ができ、将来には高僧に成れると、大寺《だいじ》院《いん》の住職となり、僧正《そうじょう》にもなれると、言われておりました。ですが、日輪のごとき兄に比べると、月のようです」

日円は弱々しく微笑んだ。

「だから、日輪に憧れ、あんた自身が日輪になりたかったんすか」

「日輪を浴び、日輪のごとく輝いた人生を歩みたかった……」

「そのために、兄さんの抜け荷に加担したってわけだ。娘を異国に売るほかに、どんなことを企んでいたんすか」

「立ち退かせた料理屋を隠れ蓑《みの》にし、そこで抜け荷品の売り買いをしようと企てました。兄から、抜け荷品をさばく場を確保するよう頼まれたのです」

「寺社奉行の兄さんは、日輪寺の所有地なら手入れが入らないって踏んだんだろうけどさ、それなら日輪堀で売りさばくほうがいいんじゃないの」

「それはできません」

日円はゆっくりと、首を左右に振った。

「どうしてっすか」

「日輪堀は極楽です。わたしが創りだす、この世の極楽。極楽で抜け荷品を扱うことは嫌です」

「なるほどね」

剣之介は納得できた。

嘘とは思えない。日円は本気で、この世の極楽を創りだそうとしたのだ。

ただ、それには莫大《ばくだい》な金がかかる。そのために、悪事を平気で働いた。

本末転倒だが、日円は悪事と思っていないのかもしれない。

「しかし、この世に極楽などは……幻《まぼろし》でしかありませんでした」

日円は、剣之介のお縄になる、と告げた。

「おれは火盗改っすよ。これから、寺社奉行に出頭してください。本間出雲守以外のね」

剣之介の言葉を、日円は静かに受け入れた。


入梅《にゅうばい》した日の夕刻、剣之介と山辺は、上野の縄暖簾で一杯やっていた。

山辺は猪口を重ね、すっかりいい気分になっている。

「日円にも、仏心が起きたのかな。自分の悪事を白状したばかりか、本間出雲守さまの抜け荷も洗いざらいぶちまけるとは。しかも、あのふたりが兄弟だったとはな……」

「仏心と言えばさ、お陸は日円からせしめた千両の半分を、奉行所に寄付したんすよ。女郎屋をたたんで、料理屋をやるとか。親元に帰れない女郎たちの面倒をみてやるそうっすよ」

剣之介は、酒の代わりを頼んだ。そのとき、上方下《くだ》りの清酒《せいしゅ》を頼んだ。

支払いの心配をする山辺に、

「いいっすよ。今日はおれの驕《おご》りっすから」

剣之介は言った。

「そうか、すまんな」

山辺は満面の笑みを浮かべた。

しとしとと屋根を打つ雨音が、ほろ酔いには心地よい。

ほどなくして、清酒が運ばれてきた。

さっそく山辺は手酌《てじゃく》で猪口に注ぎ、飲み干した。

じつに幸せそうな顔だ。

目を細め、

「あ〜あ、極楽、極楽」

と、感に堪《た》えぬように言った。

――この世の極楽か……。

案外、身近なところに極楽はあるのかもしれない、と剣之介は微笑んだ。

コスミック・時代文庫

●●●●●●●●●●●●●●●●●●●●●●●●●●●●●●●●●●●●

最強同心《さいきょうどうしん》 剣之介《けんのすけ》
桜吹雪の決闘

【著 者】
早見《はやみ》 俊《しゅん》

【発行者】
杉原葉子

【発 行】
株式会社コスミック出版
〒154-0002 東京都世田谷区下馬 6-15-4
代表 TEL.03(5432)7081
営業 TEL.03(5432)7084
FAX.03(5432)7088
編集 TEL.03(5432)7086
FAX.03(5432)7090

【ホームページ】
http://www.cosmicpub.com/

【振替口座】
00110-8-611382

【印刷/製本】
中央精版印刷株式会社

乱丁・落丁本は、小社へ直接お送り下さい。郵送料小社負担にて
お取り替え致します。定価はカバーに表示してあります。

ISBN978-4-7747-6176-3 C0193